〆切前には百合が捗《はかど》る2

ライブ
GUEST

須原朋香
[すはら・ともか]
人気声優。
朋香の姿が見えた瞬間、
会場全体から熱狂的な歓声が上がる。
朋香は満面の笑顔でそれを受け止め、
手にしたマイクを大きく振り上げたあと、
高らかに歌い始めた。

「ぎゃおー」

「あ、愛結、落ち着いて」
怪物誕生

海老原優佳理
[えびわら・ゆかり]
小説家。
食べ歩き

白川愛結
[しらかわ　あゆ]
家出少女。

〆切前には担当への言い訳が捗る
003

〆切前には一緒にお風呂が捗る
025

〆切前にはキャットフードを食べるのが捗る
037

〆切前にはアイドル声優が襲来するのが捗る
048

〆切前には神頼みが捗る
089

〆切前には断食が捗る
126

〆切前にはアイドル声優のライブが捗る
155

〆切前には決心が捗る
176

〆切前には独りだった人間が独りではなくなるという、
ただそれだけのありふれたラブストーリーが捗る
190

CONTENTS

〆切前には百合が捗る 2

平坂読

カバー・口絵　本文イラスト
U35

〆切前には担当への言い訳が捗る

七月一日、午前十時過ぎ。

白川愛結《しらかわあゆ》は現在、富山《とやま》から東京《とうきょう》へと向かう新幹線「かがやき」に乗っていた。

愛結の隣では、まるで女神か天使のように綺麗《きれい》な女性が、すやすやと寝息を立てている。

彼女の名は海老原優佳理《えびわらゆかり》。

職業は小説家。

愛結の雇用主で、同居人で、そして、恋人。

……あたし、本当に先生と……。

今でもまだ、もしかしたらこれは全部夢なんじゃないかと少し疑っている自分がいる。

愛結は同性愛者だ。

今から二ヶ月近く前、地元の学校の友人たちにそのことを打ち明けたところ、クラス中に広められ、感情が爆発《ばくはつ》して暴力事件を起こした。両親にも理解してもらえず、失望した愛結は勢いのまま田舎《いなか》を飛び出し、一人東京へとやってきた。

そして東京の出版社で働く従姉妹《いとこ》、白川京《みやこ》の紹介で優佳理と出逢《であ》い、一目で恋に落ちた。

優佳理の世話係兼監視役として彼女の家に住み込みで働くことになり、彼女と一緒にいろんな場所に出かけたり、一緒に料理や棚やハーバリウムを作ったりする日々を過ごすうちに、愛結の想《おも》いはどんどん強くなり――そして昨夜、一緒に泊まった温泉旅館にて、愛結は優佳理に自分の気持ちを告白したのだ。

きっと地元の友人たちや両親のように、気味悪がられ、拒絶される。自分はもう優佳理のもとには居られない。

かと思いきや、

――ねえ愛結ちゃん。私たち、付き合いましょうか。

まるで奇跡のような展開に、愛結は感極《かんきわ》まって泣きじゃくり、優佳理の身体《からだ》を強く抱きしめ、これが夢でないことを確かめるかのように何度も何度も肌を重ねた。

……優佳理の反応があまりにもいいものだから、最後のほうはちょっと調子に乗りすぎてしまった感もある。

愛結はちらりと優佳理の横顔を見やり、ゆっくりと彼女の頬《ほお》に手を伸ばす。

指先が頬に触れようとしたそのとき。

いきなり優佳理の手が動き、愛結の手首を握ってきた。

「ひゃっ⁉」

驚いて悲鳴を上げる愛結に、目を細く開いた優佳理が悪戯《いたずら》っぽい笑みを向ける。

「ふふ、なにをしようとしてたのかしら？　愛結」

「せ、先生⁉　起きてたんですか⁉」

愛結の問いに、優佳理は少し不満げに唇を尖《とが》らせる。

「先生、じゃないでしょう？」

その言葉に、愛結の顔はかあっと熱くなり、

「……ゆ、優佳理さん」

絞り出すように言い直した愛結に、優佳理は微笑《ほほえ》みながら「うん、愛結」と頷《うなず》いた。

ただお互いの呼び方が少し変わっただけ。

しかしそれは、愛結と優佳理の関係がたしかに変わったことを、今のこの状況が決して夢ではないことを示していた。

優佳理が摑《つか》んでいた愛結の手首を放す。そして、どちらからともなく指と指を絡《から》ませ、しっかりと手を繋《つな》ぐのだった。

……ふう……、どうにか年上の余裕を保《たも》てたわね。

愛結と恋人繋ぎをしながら、優佳理は内心で安堵《あんど》していた。

布団《ふとん》の中ではなんの抵抗もできないまま完全に愛結にやりたい放題されているので、せめてそれ以外ではこっちが優位に立っておきたい。それが勝ち負けにこだわるゲーマーの心理というものだ。

愛結の前では、少しだけ大人らしく格好つけたい。

取り繕ったり無理をしたり自分を飾ることが嫌いな自分がこんなふうに考えるなんて、なんだか不思議な気持ちだ。

もっとも、仕事サボって旅行に行っているのが担当編集にバレて渋々帰宅しているというこの状況では、大人らしさもへったくれもないのだが。

今は富山旅行から帰る途中なのだが、せっかく愛結と付き合うことになったことだし、本当はもっと富山のいろんな場所をめぐりたかった。

しかし担当の白川京に居場所を特定され、無視したら富山まで捕まえにやってきそうな勢いだったので、仕方なく帰ることにした。

……みゃーさん、きっと今日も原稿が上がるまで家に居座るつもりよねー……。

家に帰ったら担当のお説教&監視のコンボが待っているかと思うと憂鬱《ゆううつ》である。

……あ、そうだ。

京と対面する前に、愛結に相談すべきことがあることに気づく。

「ねえ愛結、みゃーさんには私たちのこと伝える？」

優佳理が訊《たず》ねると、愛結の握る手にぎゅっと力がこもった。

愛結はしばらく沈黙したのち、

「……優佳理さんはどうしたらいいと思いますか？」

不安げな声音《こわね》で問う愛結に、

「まあ一応、今はみゃーさんが愛結の保護者なわけだから、ちゃんと伝えておくのがスジだとは思うわ」

「……そう、ですよね」

肯定しながらも、愛結の表情は暗い。

「こわい？」

優佳理が訊ねると、愛結は無言で頷いた。

昨夜愛結から少しだけ話を聞いたのだが、彼女が家出して東京に来たのは、同性愛者であることを、学校の友人や両親にさえ嫌悪され拒絶されたからだという。

そして京はそのことを知らない。

優佳理に告白してきたときの悲愴な様子からも察せられたが、愛結にとってカミングアウトは大変な恐怖を伴うのだろう。

「これは確信をもって言えるけど、みゃーさんは同性愛を拒絶したり差別したりはしないわよ、ぜったい。……だって同性のカップルと一緒に住んでるし」

「そうなんですか？」

愛結が驚きに目を見開く。

「うん。もともとはみゃーさんと、仲良しの小説家と漫画家の三人でルームシェアしてたんだけど、まず作家の人が結婚して部屋を出て、漫画家の人が彼女作って入れ替わりで住み着いたみたいな流れ……だったかしら……」

「ふ、複雑な環境ですね……。みやちゃん、気まずくないのかな……」

愛結が唖然《あぜん》とした様子で言った。

「まあみゃーさん周りの人間関係は他《ほか》にも色々おかしいからねー。ちなみにその前に一緒に住んでた小説家っていうのが――」

優佳理は言いかけて中断し、

「みゃーさんの波瀾万丈《はらんばんじょう》おもしろ物語はともかく、あの人は愛結を拒絶したりしないし、きっと親身になって助けてくれると思うわ」

その言葉に愛結は、

「あたしも、みやちゃんはうちの親とか地元のやつらとは違うんだって信じてます。でも……やっぱり怖い」

「そっか。じゃあしばらくはみゃーさんには内緒にしておきましょう」

「え、いいんですか？」

少し驚いた顔をする愛結に、優佳理は悪戯っぽい笑みを浮かべて、

「うん。私的にもそのほうが都合がいいし」

「どういうことですか？」

「だって、愛結と私が付き合うことになったって言っても、みゃーさんが愛結を咎《とが》めることはないけど、私は怒られちゃうと思うから。信じて送り出した大事な従姉妹をキズモノにするとは何事だーって」

「キ、キズモノ……」

愛結は反芻《はんすう》して顔を赤くした。

まあ、状況的に言えばキズモノにされてしまったのは自分のほうなのだが。

思い出してしまい、優佳理の顔も熱くなる。

お互いちらちらと視線を交わしては、なんだか恥ずかしくなって目を逸《そ》らし、また見つめては逸らす。

新幹線の中の時間は、そんなむずがゆい空気の中で過ぎていった。

東京駅から在来線に乗り継ぎ、二人は優佳理の住居である都心の高級マンションへと帰ってきた。

「あーあ、現実に帰ってきちゃった」

「現実って」

リビングのソファに腰を下ろし残念そうに嘆息《たんそく》した優佳理に、愛結は苦笑し、

「あたしはなんか、帰ってきてホッとしましたけど」

「まあ私も旅行から帰ってくるたびに、やっぱりうちが一番落ち着くなーとは思うんだけどね。同時に、またつらいお仕事の日々が始まるのかと思うと、すぐにでもどこか旅に出たい気持ちになるのよ」

「もう。次の旅行はちゃんと仕事が終わってからにしてください」

「えー。愛結のいじわるー」

拗《す》ねたように唇を尖らせる優佳理に、

「意地悪じゃないです。あたしは優佳理さんの監視役なんだから」

「監視役である前に恋人でしょう？」

「え、あ、え、そ、そう、なのかな……？」

「そうよ。だからもう愛結は仕事のことなんて気にしなくていいのよ」

「でも仕事も大事だし……みやちゃんに迷惑かけちゃうし……」

動揺する愛結に、優佳理は追い打ちをかけるようにじっと愛結の目を見つめ、

「愛結は、私と仕事どっちが大事なの？」

「そ、その質問はずるいです！」

「じゃあ、私とみゃーさんどっちが大事？」

「それは優佳理さんですけど！　でも、でもぉ……」

困り果てて涙目になる愛結を、優佳理は楽しそうに見つめ、

「ごめんごめん。ちゃんと仕事もするから安心して」

「本当ですね？」

「ウン、ホントダヨー」

「なんで棒読みなんですか！」

「本当よ。作家の言葉を信じなさい」

「作家なんて嘘《うそ》をつくプロじゃないですか！」

愛結がツッコむと、優佳理は小さく嘆息し、

「しょうがないなー。まあ、今回のところは愛結に免じて真面目《まじめ》に仕事しますか」

「あたしに免じなくてもちゃんと働いてください」

「はいはい」

投げやりな返事をすると、優佳理は立ち上がって仕事部屋へと歩き出す。

と、部屋の扉の前で振り返り、

「そういえば愛結、これまでは『住み込みのアルバイト』だったけど、今日からは住み込みじゃなくて『同棲《どうせい》』ってことになるのかしら」

「ど、同棲……⁉」

そのアダルトで甘美な響きに、愛結の全身が火照《ほて》る。

優佳理もまた、照れたように頬を赤らめ、

「それじゃ、今日から改めてよろしくね、愛結」

「は、はい……優佳理さん」

優佳理に自分の名前を呼ばれ、優佳理の名前を呼ぶたびに、まるで気持ちがふわふわと宙に浮かぶようだ。

……好きな人と付き合うって、こんなにも幸せなことだったんだ。

時刻が夜の十時をまわり、どう考えても今夜中に原稿が書き上がりそうにないので諦《あきら》めて寝ようと優佳理が心に決めた直後、部屋のインターフォンが鳴り響いた。

それからしばらくして、

「優佳理さん、みやちゃんが来ました」

愛結が仕事部屋の扉を開けてそう伝えてきた。

「適当に誤魔化《ごまか》して追い返してくれない？」

「ええ⁉　無理ですもうオートロック開けちゃったので……」

「そんなー」

ほどなく、再びインターフォンが鳴らされ、優佳理が仕方なく玄関の扉を開けると、そこには担当編集者が睨《にら》むような目で立っていた。

白川京、年齢は二十七歳。

いかにも仕事がデキる感じの都会的な美人なのだが、従姉妹の愛結と似た素朴な可愛《かわい》らしさも併せ持つ。

しかし今、そんな彼女の目の下には濃いクマができていた。

「ええと、お疲れ様です、みゃーさん。……ほんとにお疲れみたいです、ね？」

恐る恐る優佳理が言うと、京は低い声で、

「ええそうよ……。ただでさえ仕事が立て込んでるところに、ヒカリが面倒をかけてくれたおかげでね……」

京は優佳理＝ペンネーム海老《かいろう》ヒカリ以外にも厄介《やっかい》な作家を何人も担当している上に、そのほとんどが優佳理以上の人気作家のため、小説の編集だけでなく漫画やアニメや映画などのメディアミックス企画にも多数携《たずさ》わっている。

彼女の細かいスケジュールまでは知らないが、ブラック企業の社員も真《ま》っ青《さお》な日々であることは疑いようもない。

「そんなに忙しいなら、私のことは気にしなくてもいいんですよ？」

本心から言うと、京は半眼で優佳理を睨み、

「そんなことできるわけないでしょうが。あたしはあんたの担当なんだから」

「でも、仕事に優先順位をつけるのは当たり前のことだと思うんですけど」

「残念ながら、あたしはそんな器用なことできないのよ」

「ですよねー」

白川京は、作家のランクや案件の大小に関係なく、自分が担当するすべての仕事に対して愚直なほど誠実に向き合う。だからこそ、曲者揃《くせものぞろ》いのクリエイターたちの信頼を勝ち得ているのだろう。

とりあえず京をリビングへと通し、

「あ、これみゃーさんに富山旅行のお土産《みやげ》です」

優佳理が富山で購入した、白えびの練り込まれたスティックかまぼこを京に差し出す。

「……ありがたくもらうけど、悪びれもせずお土産渡されるとなんか腹立つわね……」

京はこめかみをひくつかせながら受け取り、

「……今ここで食べていい？」

「もちろんいいですけど、お腹《なか》すいてるんですか？」

「夕飯まだなのよ。ていうかよく考えたらお昼も食べてなかったわ」

「身体こわしますよ？」

さすがに心配になって優佳理は言った。

と、そこで愛結が、

「みやちゃん、あたし何かごはん作ろうか？」

「いいの？　じゃあお願いしようかな」

京が答え、

「あ、私も夜食にちょっと何か食べたーい」

「わかりました」

優佳理のリクエストを受けて愛結が頷き、さっそくキッチンへ向かう。

十数分ほどして愛結がテーブルに運んできたのは、掻《か》き揚げの乗った蕎麦《そば》とだし巻き卵だった。

京のほうの蕎麦は丼で、麺《めん》が多く掻き揚げも大きい。優佳理のほうは汁椀で、掻き揚げもミニサイズ。

「美味《おい》しい……。あっちゃんほんとに料理上手《うま》いわね……」

蕎麦と掻き揚げとだし巻きを一口ずつ食べてしみじみと言った京に、愛結は少し照れた表情を浮かべて、

「お蕎麦は茹《ゆ》でただけだし、掻き揚げは冷凍のシーフードミックス使ってるから、そんな大した料理じゃないよ」

「なに言ってるのよ。パパッとこんなの作れちゃう子なんてそうそういないわ。本気でうちにお嫁に来てほしいくらい」

「ええ⁉」

京の冗談に、愛結が顔を赤らめて動揺する。

「駄目ですよみゃーさん。愛結はもう私のものなので」

……軽い調子で言うつもりが、思いのほか声が真面目なトーンになってしまい、優佳理は密《ひそ》かに焦《あせ》る。

幸い京がそれを気にとめた様子はなく、

「冗談よ。でもあっちゃん、ヒカリの世話だけじゃなくて、監視役の仕事もちゃんとやってちょうだいよ？　この子が仕事サボって逃げようとしたら鎖骨折ってもいいから止めること。止められないならせめてあたしに報告して。一緒になってエスケープ旅行をエンジョイするなんてもってのほか」

「ご、ごめんなさい」

愛結がしゅんとする。

「まああみゃーさん、愛結も悪気があったわけじゃないんですから」

優佳理はお猪口《ちょこ》に富山の地酒を注《そそ》いで京に差し出した。

「あ、あんたねえ……」

頬を引きつらせながら、京は優佳理の顔とお猪口を交互に見る。

掻き揚げ蕎麦&だし巻き卵と日本酒の相性《あいしょう》は言わずもがな。お土産のかまぼこスティックも、ほどよい塩気と白エビの味と食感が良いアクセントとなり、一口食べると絶対にお酒が飲みたくなる逸品である。

京はしばし逡巡《しゅんじゅん》の色を浮かべたのち、ついに屈してお猪口に手を伸ばし、一口呷《あお》った。

「はああ〜〜〜、染《し》みる……ッ！」

……ふふ、かかった。

至福の声を漏《も》らした京に、優佳理はほくそ笑む。

空腹でしかも寝不足で疲れ果てている今の京の身体には、酒の回りが早いはず。酔い潰《つぶ》してしまえばお説教を免《まぬが》れる上に、優佳理が休む時間も稼げるというわけだ。

「さあさあみゃーさん、どんどん召し上がれ。愛結、ホタルイカの沖漬けと白えびの塩辛《しおから》も持ってきてくれる？」

「あ、はい！」

さらなる富山産おつまみも投入し、京のお猪口に酒を注ぐ優佳理。

京は勧められるがまま、カパカパと酒を飲み干していく。このペースなら、彼女が酔《よ》い潰れるのは時間の問題かと思われた。

が。

四合瓶《よんごうびん》が空《から》になっても京が潰れることはなかった。

それどころか、微塵《みじん》も酔った素振りすら見せない。強いて言えば血色が若干《じゃっかん》良くなったように見えるくらいだ。

……ま、まじですかー。

京が酒に強いのは知っていたが、これほどのザルだとは思わなかった。

瓶が空になったことに気づいた京が、「ふう……」と満足げな吐息を漏らして優佳理の顔を見据える。

「ごちそうさま。さて、軽く一息ついたところでお仕事の話をしましょうか」

「ええー……」

どうやら京にとって日本酒を四合飲み干すのは「軽く一息」の範疇《はんちゅう》らしい。この人こわい。

優佳理が慄《おのの》いていると、

「で、今日が〆切《しめきり》の原稿の進捗《しんちょく》は？」

「だめですね」

直球で切り込んできた京に、優佳理も淡々と直球で返す。

「パーセンテージで言うと？」

「60……いえ、63％くらい、でしょうか」

本当は43％くらいなのだが。

「ふーん、ほぼいつもどおりの遅れ具合ってわけね。もうこの程度じゃ動じなくなってる自分が怖いわ……。それじゃ、いつものように原稿が上がるまでここで仕事しながら待たせてもらうわよ」

「いえいえ、お疲れのようですし、みゃーさんは家に帰ってゆっくり休んでくださいな！」

「そんな暇ないわ。原稿上がり次第即チェックして入稿なんだから」

「いやいやそんな大げさな……。本当は何日かバッファを取ってあるんでしょう？　知ってますよ～」

通常、〆切というのは不測の事態に備えて、破ったら本が発売日に出せなくなるデッドラインよりも余裕をもって設定されるものである。

しかし、

「連載の原稿にバッファなんてあるわけないでしょ」と京。

「そうでした……」

優佳理が今せっつかれているのはオンラインで隔週連載している作品で、文庫本書き下ろしの作品とは根本的にスケジュール設定が異なるのだ。

「ていうかそもそも、あたしは書き下ろしの本の〆切だってちゃんと本当のデッドラインを伝える方針だからね。最近は発売日から逆算して真デッドラインを割り出そうとする小賢《こざか》しいバ……作家が多いから、下手《へた》に余裕をもった〆切を設定すると平気で破ってくるし。どっかの海老ヒカリみたいにね」

「いいえ、決して平気で破っているわけでは。〆切を破るときはいつも身を切るような痛みを感じています」

大真面目な口ぶりで言った優佳理に、京はジト目を向ける。

「だったらなんで何度も何度も〆切破るのよ。エビだから痛覚ないの？」

「それがみゃーさん、最近の研究によると実はエビや甲殻類《こうかくるい》にも痛覚があるらしいんですよ。私それを知って以来、甘エビの踊り食いに少し抵抗を覚えるようになりました。まあ美味しいので食べるんですけど」

「ど、う、で、も、い、い！　ほら、無駄話してる暇があったらさっさと原稿！」

「ええー……今日富山から帰ってきてからずっと仕事してて、割と限界なんですけど……」

「〆切前に旅行に行くあんたが悪いんでしょうが。旅行するなら仕事を終わらせてから心置きなく楽しめばいいのに」

「なにを言ってるんですか。むしろ〆切前のほうが、仕事をサボっているという背徳感がいい刺激になって、旅行でもゲームでも食事でもいっそう楽しめるんじゃないですか」

「アウト……完全に社会人としてアウト……救いようのないクズ……」

京に蔑《さげす》みの視線を向けられ、ちょっとゾクゾクする優佳理だった。

「はぁ……わかりましたよ。それじゃ、そろそろお仕事に戻りますか……」

京をからかって多少は気分転換になったので、原稿に取りかかることにする。

「あ、その前に顔洗ってきます」

仕事部屋に行く前に、洗面所へと向かう優佳理。

すると、愛結も一緒に洗面所についてきた。

「うん？　どうしたの愛結」

訊ねると、愛結はぽつりと、

「あの、原稿、はやく終わらせてほしいです」

「もう……愛結までそんなこと言う……」

むくれる優佳理に、愛結は頬を赤らめ、

「……だって、はやく優佳理さんと二人きりになりたいし」

もしかすると、愛結のいる前で京と延々駄弁《だべ》っていたことにヤキモチを焼いたのかもしれないが――とにかくその言葉に、優佳理の顔は燃えるように熱くなった。

こんな不意打ちはずるい。

可愛すぎる。

両手で顔を覆《おお》い隠し、優佳理は愛結から顔を背《そむ》け、か細い声で「……が、頑張ります」と呟《つぶや》いたのだった。

〆切前には一緒にお風呂が捗る

突然だが、海老原優佳理《えびわらゆかり》の風呂《ふろ》は長い。

修羅場《しゅらば》中の眠気覚ましにシャワーだけで済ませることもあるのだが、基本的には最低でも一時間以上、時には三時間近く風呂から出てこないこともざらにある。

長風呂好きの人も世の中にはいるだろうと思って、愛結《あゆ》はこれまで優佳理の長風呂について気にしてこなかったのだが、先日一緒に富山《とやま》旅行に行ったときは、サウナも含めて三十分ほどで入浴を終えていた。

風呂好きなら、温泉旅館の大浴場こそ長く入っていそうなものだが。

不思議に思った愛結は、優佳理に直接訊《たず》ねてみることにした。

「優佳理さん、いつもお風呂で何してるんですか？」

「なにって？」

優佳理は不思議そうな顔をした。

「だって、いっつもお風呂すごい長いので」

「あー」と優佳理は得心がいった顔で頷《うなず》き、それからにやりと笑って、

「気になる〜？　私のお風呂が」

「はい」

愛結が正直に頷くと、優佳理は「そ、そう」と少し顔を赤くした。

それから平静を装《よそお》うような口ぶりで、

「大抵、動画を見てるわね」

「動画？　ユーチューブとかですか？」

「ううん。サブスクでアニメとかドラマとか映画とか」

「さぶすく……」

さぶすくというのは聞いたことがある。たしか一定の料金を支払えばサービスを受け放題になるというやつだ。

「スマホでさぶすくを見てるんですか？」

「ううん、防水のタブレット」

「なるほど。でもあんまり長風呂するとのぼせちゃいませんか？」

心配する愛結に優佳理は、

「ちゃんと水分補給してるから大丈夫よ。クーラーボックスにスポーツドリンクとノンアルコールのカクテルを何本か入れてお風呂に持ち込むの」

「それならいいですけど……なんでそこまでしてお風呂で動画を見るんですか？　大きいテレビ

あるのに」

リビングにある65型のテレビに目をやりながら愛結は訊ねる。映画とかを見るなら、大きい画面で見たほうがいいと思う。

「お風呂に入りながら見るのは、テレビやパソコンで見るのとは全然違う味わいなのよ」

「どう違うんですか？」

「う～ん……」

優佳理はしばらく考える素振りを見せたあと、どこか躊躇《ためら》いがちに、

「じゃあ、実際に試してみる？」

「試すって、お風呂で動画見るのをですか？」

「うん。……私と一緒に」

優佳理の言葉に、愛結は顔が熱くなる。

優佳理と一緒にお風呂に入ったのは、付き合うことになった翌日の朝――旅館の大浴場に入った一度だけだ。あのときは他《ほか》のお客さんもいた。

旅館の大浴場に一緒に入るのと、自宅の普通のお風呂に二人で入るのとでは、まったく違う気がする。やらしさ、いや、親しさ的な意味で。

「じゃ、じゃあ、試してみたいです……その、お風呂で動画を」

あくまでお風呂で動画を見るのを試すだけですよというペラペラな体裁を取り繕いつつ、愛結

は頷いた。


夕飯を終えて愛結が食器を洗っている間に、優佳理は浴室の掃除を始める。

風呂掃除は普段愛結がやっているのだが、今日は久しぶりに優佳理がやることにした。

無駄に掃除に力を入れてしまう〆切前《しめきり》の如《ごと》き入念さで浴槽《よくそう》を洗い、お湯を張る。

湯を溜《た》めている間に冷蔵庫からノンアルコールカクテルの缶やスポーツドリンクのペットボトル、さらにパピコと保冷剤を先日釣りに行ったときにも使ったクーラーボックスに入れ、浴室へ運び込む。

仕事部屋からフル充電した11インチのタブレットを持ち出し、愛結と一緒に脱衣所へ。

「じゃ、入りましょうか」

優佳理が躊躇いを見せず堂々と服を脱ぐと、愛結は顔を赤らめ、それを誤魔化《ごまか》すかのように自分もいそいそと服を脱ぎ始めた。

愛結の裸を見ても、可愛《かわい》いな、とか、小柄なのにおっぱい大きいな、とかは思うけれど、性的な興奮を覚えたりはしない。

愛結の優佳理に対する気持ちと、優佳理の愛結に対する気持ちは、やっぱり本質的に違うのだろう。

軽くシャワーを浴びたあと、タブレットを持ってお湯に入り、浴室の入り口あたりでもじもじしている愛結に声をかける。

「ほら、愛結もはやく」

すると愛結は顔を赤らめながら「わ、わかりました」と頷き、優佳理と向き合うようにして浴槽に入ろうとした。

「同じ向きに入らないと一緒に見られないでしょ」

優佳理が言うと、愛結は視線を彷徨《さまよ》わせ、

「え、じゃあどうやって……」

この家の浴槽は平均より大きく、向き合って入るぶんには問題ない。しかし並んで入るとなるとかなり窮屈《きゅうくつ》である。

優佳理は足を広げ、自分の前を指さす。

「ここ」

「そ、そこですか」

愛結はしばらく躊躇いの色を浮かべたのち、

「おじゃまします……」

そろりそろりと優佳理に背を向けて湯に身体《からだ》を沈める。

愛結の小さな背中が優佳理の胸に密着し、優佳理は自分の体温が急激に上がっていく気がした。

「それじゃ、なにを見ましょうか」

愛結の前に腕を回して、タブレットのサブスクのアプリを起動させ、努めて平静な口ぶりで訊ねる。

「な、なんでもいいです」

「そう?」

優佳理はアプリを操作し、マイリストに追加してあった作品の中からまだ見てない映画を適当に選んだ。

ほどなく映画の再生が始まる。

「愛結、タブレットをそこに置いてくれる?」

風呂の壁に貼《は》り付けてあったマグネット式のホルダーを指さして言うと、

「あ、これってそのためにあったんですか」

腑《ふ》に落ちた様子でそう言って、愛結は優佳理から渡されたタブレットをホルダーにセットした。


映画は恐ろしい怪物が人々を襲いまくる内容の、アメリカ製のホラー作品だった。

南国のリゾート地にやってきたパリピ集団が、調子に乗って立ち入り禁止の洞窟《どうくつ》に入り、封印されていた怪物を解き放ってしまうという筋書きだ。

画面との距離は一メートル以上離れているが、まったく問題なく見える。

音声は日本語吹き替え。タブレットのスピーカーなので音質はあまり良くないのだが、広いリビングとは違って音が大きく反響するため迫力はある。

愛結は映画をほとんど見ないので、ホラー映画というジャンルが自分の好みに合っているかどうかもわからないが、血とか髑髏《どくろ》とか吸血鬼とかスプラッタ表現とかは割と好きだ。

地元にいたときは、親や友人のいないところで、スマホでデスメタルバンドの血がたくさん飛び散る感じのMVをよく見ていた。

だからきっとこの映画も楽しめるはずだ。

映画を夢中で楽しもう。

頑張って映画に集中しよう。

そんなふうに自分の心に必死で言い聞かせる愛結だったが、映画の内容などどちっとも頭に入ってこない。

画面で繰り広げられるスプラッタなシーンに感情を動かされることもなく、襲われる人間たちの悲鳴は耳から耳へ抜けていく。

背中に密着している優佳理の柔らかい感触が、愛結の脳内をピンク色の竜巻でぐちゃぐちゃにかき回す。

後ろから回された優佳理の腕が、外付けのポンプのように愛結の心臓を激動させる。

無理！　無理無理ぜったい無理!!

こんな状況で映画に集中なんてできるわけがない。

映画だから最低でもあと一時間以上はあるだろうが、それまで耐えられそうにない。というか、早くものぼせてきた気がする。

とりあえず水分補給をと思い、顔を優佳理のほうに向けようとすると、不意に愛結を抱きしめる優佳理の腕の力が増した。

画面の中では怪物の封印を解いた張本人であるパリピ集団の金髪美女が怪物に追われ、悲鳴を上げながら逃げている。美女と怪物の距離はどんどん縮まり、今にも追いつかれて殺されてしまいそうだ。

優佳理の力がさらに強くなり、彼女の胸がますます愛結の背中にぴったりと密着する。

「優佳理さん？」

「な、なに？」

愛結が戸惑いながら名前を呼ぶと、優佳理は少し上擦った声で答えた。

愛結はちらりと後方に視線を向けながら、おずおずと訊ねる。

「もしかして……怖いんですか？」

するど優佳理は恥ずかしそうに小さく頷き、

「そ、それは、もちろん怖いわよ。だってホラーなんだか――ひ……っ」

画面の中で、ついに怪物に追いつかれた美女がぶしゃあ――と派手な血飛沫《ちしぶき》を上げて殺された。屍《しかばね》となった彼女を怪物がおぞましい雄叫《おたけ》びを上げながら喰《く》い散らかす。

「うひぃ……」

優佳理が薄目になり、口をすぼめて怯《おび》えた声を漏《も》らした。

「優佳理さん、もしかして怖いの苦手なんですか？」

「ま、まあ得意ではないかしら――ひっ」

画面の中の怪物にギロリと睨《にら》まれ、優佳理は身体を震わせた。

「そんなに怖いなら、ホラーなんて選ばなければいいのに……」

「何を言ってるの。怖いのが苦手だからこそ楽しめるんじゃない。まあ、しばらく電気を消して眠れなくなったりするけど……」

優佳理はそう言い、

「ていうか、愛結は怖くないの？」

「あんまり……」

「意外だわ……。スカイツリーのガラス床ではあんなに怖がってたのに」

あのときのことを思い出し、愛結は顔を赤くする。

「あれとホラー映画は全然違うじゃないですか！　ガラスの床は割れたら落ちて死んじゃうけどホラー映画は作り物だし」

「だから割れないってば」

優佳理は苦笑を浮かべ、また画面に目を向けて怖いシーンに顔を引きつらせた。

「うわぁ……」とか「ひっ」と小さく声を上げながら映画を見続ける優佳理。たまに愛結を抱きしめる力が強くなったり、愛結の後ろに隠れるように身体を縮こめたりもする。

そんな優佳理を見ていると——愛結としてはたまらなくムラムラしてくる。

ただでさえ裸で身体を密着させているのだ。

そこへこんな可愛い様子を見せられたら、理性など保《たも》てるわけがない。

画面の中で怪物が人々を生きたまま喰い散らかし、勝ち誇るように咆吼《ほうこう》を上げた。

……おいしそう。

愛結の心が怪物とシンクロする。

「……優佳理さん」

愛結は身体を前に進め、優佳理から離れる。

「愛結？」

怪訝《けげん》そうな優佳理のほうに向き直り、彼女の美しい裸身を睨むように見据える。

「あ、愛結？」

「ぎゃおー」

淡々と棒読みで怪物の鳴き声を真似《まね》する愛結に、優佳理がたじろぐ。

じわじわと優佳理へとにじり寄る愛結。後ろからは大勢の悲鳴が聞こえてくる。きっと怪物のもぐもぐタイムが続いているのだろう。

「……あたしもいただきます」

「え……お腹《なか》が減ってるの？　パピコ食べる？」

優佳理が冷や汗を浮かべてクーラーボックスを指さす。

愛結は優佳理から視線を逸《そ》らすことなく、

「パピコの前に優佳理さんを食べます」

淡々と宣言するが早いか、愛結は優佳理の首筋に舌を這《は》わせる。

「〜〜〜っ」

優佳理は声にならない悲鳴を漏らし、

「あ、愛結、落ち着いて」

それに対する愛結の答えは、

「ぎゃおー」

「そんな……言葉が通じないなんて……」

優佳理は芝居がかった悲愴な表情を浮かべながらどこか嬉《うれ》しそうに嘆《なげ》き、抵抗するのをやめた。

こうして。

迂闊《うかつ》にも怪物《愛結》の封印を解いてしまった美女《優佳理》は、怪物に美味《おい》しくいただかれてしまったのだった……。

THE END

〆切前にはキャットフードを食べるのが捗る

優佳理《ゆかり》と愛結《あゆ》が住んでいるマンションは４ＬＤＫで、そのうちの一室、ウォークインクローゼット付きの八畳間は、優佳理の趣味や仕事関連の品々が雑多に収納された物置部屋となっている。

愛結は優佳理から、この部屋の中にあるものは自由に使っていいと言われているのだが、これまではなんとなく遠慮していた。

しかし今、愛結は優佳理の恋人で、同棲《どうせい》している。

つまりこの部屋は自分の部屋でもあるのだ――と言えるほど厚かましくはなれないが、物置部屋を探索するくらいはいいだろう。

この部屋には優佳理が今も使っているものもあれば、長らく放置されているものもある。いわば彼女の歴史が詰まっているのだ。

優佳理がこれまでどんなものに興味関心を抱いてきたのか、彼女の彼女としては興味がある。

そんなわけで物置部屋の棚をざっと見て回ったあと、これまで入ったことのなかったウォークインクローゼットの中に足を踏み入れる。

クローゼットの中は室内よりもさらに混沌《こんとん》としており、衣装の入った収納箱、フィギュアやプラモデルの箱、よくわからない機械（たぶん昔のゲーム機のような気がする）が雑然と積まれている。

一度この部屋ちゃんと整理したいな……と、根が几帳面《きちょうめん》な愛結は思う。

そこでふと、クローゼットの奥にあった一つの段ボール箱が目にとまる。箱には何も書かれていない。

気になって開けてみると、中に入っていたのは猫の肉球のマークが付いたプラスチック製の深皿と、十個ほどの缶詰めだった。

缶詰めのデザインは様々だが、いずれも猫の写真やイラストが載っている。つまり猫用の缶詰めだ。

「優佳理さん、猫飼ってたんですか？」

物置部屋を出て、リビングにいた優佳理にさっそく訊《たず》ねたところ、

「猫？　なんで？」

と、優佳理は怪訝《けげん》そうな顔をした。

「段ボールの中に猫缶とエサのお皿があったので」

「あぁ、あれ」

優佳理は得心がいった様子で頷《うなず》き、

「あれはちょっと前に知り合いの猫を預かってたときの残りね。そういえば適当に段ボールに入れておいた気がするわ」

「そうだったんですか」

「ほら、この子」

そう言って優佳理はスマホで動画を見せてきた。

このリビングで、一匹の猫が稼働中のロボット掃除機の上に乗っている。

「めっちゃ可愛《かわい》い！」

愛結が目を丸くして言うと、

「そうでしょう。名前はさるぼぼちゃん」

優佳理は微笑《ほほえ》み、さらに続けて別の動画や写真を見せてきた。優佳理の姿が映っているものや、京《みやこ》が一緒に写っているものもある。

動画も写真もかなりの数で、とても一気に見られる量ではなく、

「すごい多いですけど、どれだけ預かってたんですか？」

「たしか二ヶ月くらいかしら」

「二ヶ月も？」

二ヶ月といえば、愛結がこの家で過ごした時間と同じくらいだ。

「うん。全国ツアーでほとんど家に帰れないみたいだったからねー」

「全国ツアー、ですか？」

日常生活では馴染《なじ》みのない言葉に、愛結は首を傾《かし》げる。

「日本全国と、あと韓国《かんこく》と台湾《たいわん》もだったかしら。その子、私のアニメに出てた声優さんでアーティスト活動もしてるの」

「声優でアーティスト……まさか水樹奈々《みずきなな》ですか⁉」

紅白歌合戦に出ていたので唯一知っていた声優アーティストの名前を挙げると、優佳理は
「違う違う」と笑いながら首を振り、

「須原朋香《すはらともか》っていう子」

「すはら、ともか」

愛結がスマホで検索すると、ウィキペディアのページが出てきた。

かつて見た海老《かいろう》ヒカリのページよりもはるかに文字量が多くて、全部読むのが大変そうだ。

「すごい人なんですね……」

須原朋香――五歳の頃《ころ》から子役としてドラマや映画などで活動し、十四歳で初めて声優に挑戦して以降声優業に軸足を置くようになり、歌手としても大人気に。

子役、声優、アーティスト活動、オリコントップテン入り、全国ツアー……愛結のこれまでの人生や交友関係とはまったく無縁のキーワードの数々に、愛結はたじろぐ。

しかも須原朋香の現在の年齢は十八歳らしい。愛結と一つしか違わない。

世の中には愛結と同年代でもすごい人がたくさんいることは知っているけれど、どこか現実感のない別世界のことのように感じていた。

でもこの人は間違いなく愛結が生きている現代日本に存在していて、優佳理とはペットを預けるくらいに親しい関係なのだ。

普段のだらしない生活ぶりからついつい忘れそうになるけれど、人気作家の海老ヒカリも、本来そちら側の人間なのだろう。何もない自分とは違って。

愛結の密《ひそ》かな憂悶《ゆうもん》に気づいた素振りもなく、

「ちなみにどれくらい残ってた？　猫缶」

優佳理は唐突にそんなことを訊ねてきた。

「数ですか？　十個以上あったような」

「そっかー。じゃあ残しておいても仕方ないし、この機会に処分しちゃおうかしら」

「捨てるんですか？」

すると優佳理はゆっくりと首を振り、真面目《まじめ》な口ぶりで、

「せっかくだから……食べてみようと思うの」

「食べる⁉」

「うん。さるぼぼちゃんが美味《おい》しそうに食べてるのを見るたびに、どんな味がするのかしらってずっと気になってたのよ。でも一人で猫缶を食べてる絵面《えづら》は、さすがに社会人的にアウトなん

じゃないかと思って踏みとどまったの」

「……二人で食べたらセーフなんですか？」

「二人だったら、なんか身内の悪ノリみたいな感じで済まされる気がしない？」

「そうですか？」

「たとえすごく不味《まず》くても共通の笑い話になるし。それに愛結だったら猫缶を美味しく料理してくれるって信じてるわ」

「そんなこと信じられても！」

無責任な期待にツッコみつつも、たしかに優佳理と二人で普通はやらないような経験ができることは嬉《うれ》しいかもと愛結は思った。

「……じゃあ、まずは味見ですね。料理するにしても元々どういう味なのかわかんないと作れないし」

「いいの⁉」

歓喜の声を上げる優佳理に、愛結は「捨てちゃうのも勿体《もったい》ないですし」と早口で答えた。


かくて海老原《えびわら》優佳理邸にて唐突に猫缶を食べる会が開かれることになった。

ダイニングのテーブルの上には十四個の猫缶。

すべて別の商品で、さるぼぼが食べ飽きないようにといろんな種類を買ったことを思い出す優佳理。

「じゃ、さっそく味見してみましょうか」

優佳理は適当に選んだ缶詰めの蓋《ふた》を開け、愛結に差し出す。

「ささ、どうぞ」

すると愛結はたじろいだ様子で、

「あたしからですか⁉　優佳理さんからどうぞ……」

「いえいえ、調理する愛結から先に……」

「優佳理さんが食べたいって言ったんだから優佳理さんからどうぞ」

「うーん……」

そう言われるとたしかに愛結のほうに分があるので、優佳理は躊躇《ためら》いがちに箸《はし》を手にする。

自分が言い出したことではあるが、いざ猫の餌《えさ》を食べるとなると心理的な抵抗はある。

とはいえ、見た目は人間用のツナ缶とほとんど変わらない。缶に猫や魚の写真が載っていなければ猫の餌だと気づかないだろう。

この猫缶はマグロとカツオのミックスらしい。どちらも優佳理が好きな魚ではある。

そんなことをしばらく思っていると、抵抗感も次第に薄れてきた。

優佳理は思いきって箸を伸ばし、魚のほぐし身をつまんで口に入れた。

舌の上でそれを転がす優佳理を、愛結がまじまじと見つめ、

「ど、どうですか」

「……味がしない」

愛結の問いに、優佳理は微妙な顔をして首を傾げながら端的に答えた。

人間用シーチキンの塩気とかジューシーさとか魚の旨味《うまみ》とか一切《いっさい》なく、ただただ淡白でほとんど味がない。これがマグロなのかカツオなのかもまったく判別できない。咀嚼《そしゃく》してみると、かろうじて魚であることだけはわかった。

人間用のツナ缶は猫には塩分が濃すぎて身体《からだ》に悪いということは知っていたが、ここまで薄味にしなくてもと思ってしまう。

「じゃ、じゃああたしも……」

愛結がおずおずと猫缶に箸を伸ばし、一欠片《ひとかけら》食べる。

「味しない……」

「でしょう?」

微妙な顔をして同じ感想を述べた愛結に、優佳理は苦笑いを浮かべ、

「今度は別のを試してみましょう」

そう言って別の猫缶の蓋を開けた。今度のは魚ではなく鶏のササミ肉が主原料となっているよ

うだ。

「こっちはどうかしら……」

恐る恐る中身を口に運ぶ。

「……味がしない……」

ダイエット食として人気が高い糖質ゼロのササミ肉の味付けを完全に放棄し、さらに水でひたして鶏肉本来の旨味さえ漂白したかのような淡白さである。

愛結も続いて箸をつけ、無言で顔をしかめた。

「つ、次よ……」

三つ目に優佳理が開けたのは、ビーフが主原料になっているものだった。

「さるぼぼちゃんはビーフ缶を一番喜んで食べてた気がするわ」

「へー……見た目はコンビーフですね……」

「うん……普通に美味しそう」

愛結の言葉に優佳理は頷き、

「愛結、今度は二人一緒に食べてみましょうか」

「わかりました」

二人は箸で少量をつまむと、「せーの」という優佳理のかけ声で同時に口に含んだ。

「む……」「う……」

コンビーフとは似ても似つかぬ、塩気が微塵《みじん》もないボソボソした食感の肉と、常温保存された薄い脂《あぶら》のもっさりとした舌触りが劣悪なハーモニーを奏《かな》でる。

「不味いわ」「まず……」

優佳理と愛結は同時に顔をしかめて素直な感想をこぼした。

前の二つは、超薄味のツナ、超薄味の鶏ササミではあったが、これはコンビーフの味の延長上には決して存在しないまったく別の何かだ。

割と美味しそうな見た目とのギャップもあって、前の二つよりも一回り上の不味さであった。

「……さるぼぼちゃん、ほんとにこれを美味しいと思って食べてたのかしら……」

「実は演技だったんじゃないですか?」

本気で不安になった優佳理に、愛結も真顔で言った。

「こ、この三つだけで判断するのは早いわ。他《ほか》の缶も試してみましょう」

「ええー……」

一縷《いちる》の望みに賭《か》けて別の猫缶を空《あ》けた優佳理に、愛結は嫌そうな顔をした。

結論から言うと、缶詰めごとにほんのわずかな味や食感の違いはあったが、すべて人間がそのまま食べるには味が薄すぎた。

とはいえ素材は一応人間も食べられる食材ではあったので、ソースなどでしっかり味付けしたり、他の料理に混ぜ込んでやれば食べることは可能だった。

猫缶のパスタ、猫缶のスープ、猫缶の親子丼、猫缶のそぼろ丼、猫缶のお好み焼き、猫缶のハンバーグなどで、三日かけてどうにかすべての猫缶を食べきった二人は、人間向け料理の美味しさとは脂と塩であると悟り、もう二度と猫缶を食べないと誓ったのだった。

今回の出来事は、その場のノリでおかしなことをやって、大失敗というほどではないがちょっと後悔したという、ただそれだけの話……だったのだが――。

〆切前にはアイドル声優が襲来するのが捗る

愛結《あゆ》と優佳理《ゆかり》が猫缶をすべて食べ終えた翌日。

朝食の片付けや洗濯を終えた愛結は、自分の部屋でぼんやりと動画を見ていた。

ミュージックビデオで、愛結が普段好んで聴いているようなロックやメタルではなく、女性声優が歌うアニメソングのものである。

これまで周囲にアニメ好きやアイドル好きがいなかったこともあって、この手の音楽にはまったく触れてこなかったのだが、聴いてみると意外と愛結の好みに合った。

歌っている声優の名は須原朋香《すはらともか》。

優佳理に猫を預けた人物だ。

十八歳にしては童顔――愛結もまったく他人のことは言えないが――で、しかし小顔で細身で手足が長くて出るところは出ていて、スタイルはとても良い。

フリフリの衣装を着て笑顔で踊りながら、少し鼻にかかったような特徴的な声で歌う彼女の姿は非常に可愛《かわい》くて、性的な意味ではなく魅力的だと思う。

動画サイトにはMVだけでなくライブ映像もアップされていて、何千人ものお客さんの前で堂々としたパフォーマンスを披露する姿も見られる。

……すごいなあ……。

素直な感動と尊敬と憧憬《どうけい》、それに意味のない劣等感も覚えながら一つの動画を見終わると、次の動画が自動的に始まる。

新たに流れ始めた動画は歌ではなく、インタビューのような映像だった。どうやら彼女が出演するアニメ番組の宣伝らしい。

インタビューを受けているのは須原朋香一人ではなく、もう一人、彼女と同い年くらいのこれまた容姿の優れた声優が隣にいる。

番組のタイトルは『最強主人公のかませ犬系イケメンに転生してしまった』。

あ、これ優佳理さんの作品だ――と愛結が思い至るのにしばらくかかった。

優佳理の作品はデビュー作の実写映画を観《み》ただけで全然触れていない。たしかアニメのブルーレイも物置部屋にあったから、そのうち見てみようと思う。

インタビューの内容は、作品や彼女たちが演じるキャラクターの紹介、それから作品とは関係のない話も多かった。

『作中でリーンベル（朋香が演じるキャラ。お姫様）とイセリナ（もう一人の声優が演じるキャラ。女騎士）はまるで姉妹《しまい》のように仲がいいですが、演じているお二人はプライベートではどんな感じなのでしょうか？』

そんな質問に対し、

『もちろん私たちも負けないくらい仲良しですよー』

朋香が笑顔で答え、もう一人も笑顔で、

『アフレコ終わったあとはいつも一緒にご飯に行きますし、オフの日はよく二人でデートしてます』

『この前も一緒にショッピングに行ったんですよー』

そう言って朋香がもう一人に腕を絡《から》め、二人は顔を寄せ合う。明らかに「ただの友達」の域を超えたスキンシップである。

え、もしかしてこの二人って付き合ってるの⁉

愛結は驚き、ドキドキしながら動画に見入ってしまう。

と、そのとき。

「愛結、ちょっといいかしら」

部屋の外から優佳理がノックして声をかけてきた。

「は、はい！　どうぞ！」

慌《あわ》ててスマホをスリープさせて答える。

「……愛結、顔が赤くない？」

部屋に入ってきた優佳理の問いに、「気のせいじゃないですか？」と平静を装《よそお》う。

「……もしかしてエッチなサイトでも見てた？」

「見てないです」

「ほんとに～？」

「ほんとです！　もしも見てたら、ムラムラして今すぐ優佳理さんを襲っちゃいますけどいいんですか！」

からかってくる優佳理に、愛結が逆ギレ気味に言うと、

「い、今すぐはちょっと……」

優佳理は顔を赤らめ、目を逸《そ》らした。

その反応に愛結も恥ずかしくなり、

「そ、それで、なにか用ですか？」

「あ、うん。今夜お客さんが来ることになったから、今日の夕飯は三人分、ちょっと豪華にお願いしたいの」

「あ、はい、わかりました」

もともと、猫缶料理からようやく解放されたので今日は人間用の食材を思う存分に使ってやるつもりでいた。

「ところでお客さんって？　みやちゃんですか？」

「ううん」

優佳理は首を振り、

「須原朋香っていう声優さん。さるぼぼちゃんの飼い主の」

不意に告げられたその名前に、愛結は思わず「ええっ⁉」と叫んでしまった。


優佳理が須原朋香と初めて会話したのは、一年ほど前――テレビアニメ『最強主人公のかませ犬系イケメンに転生してしまった』の第一話のアフレコのときだった。

基本的に自分の作品のメディアミックスにあまり関心のない優佳理は、アニメ制作にも深く関《かか》わっておらず、キャスティングもアニメスタッフに任せきりにしていた。アフレコにも、いつか小説の参考になるかもしれないから一回くらいは見学しておくかという軽い気持ちで出席した。

第一話ということで、アフレコ開始前に監督やプロデューサーと一緒にキャストの前で挨拶《あいさつ》することになり、特に言うことがなかったので「いいアニメになることを祈っています」などと当たり障りのないことを喋《しゃべ》った記憶がある。

そのアフレコが終わったあと、家に帰ろうとスタジオを出た優佳理に、一人の美少女が声をかけてきた。

荷物を持っておらず、たまたま出るタイミングが一緒になったのではなく、わざわざ優佳理を追いかけてきたらしい。

それが須原朋香だった。

アニメやゲームが好きだがスタッフや中の人には興味がない優佳理でも、朋香がすごい売れっ子だというのは知っていた。彼女ほどの人気声優が、数ある出演作の一本に過ぎないアニメの原作者と交流するメリットなど皆無なので、「律儀な人だなあ、こういうマメさが人気の秘訣《ひけつ》なのかなあ」などと思った。

しかし軽く挨拶程度の世間話をするだけかと思いきや、彼女は当時発売されたばかりの原作最新巻の感想を伝えてきた。

面白《おもしろ》かったと言ってもらい素直に嬉《うれ》しかったので、戸惑いつつも「ありがとうございます」とお礼を言う優佳理に、朋香はさらに、

「私、海老《かいろう》先生の作品は『心臓をさがせ』から全部読んでます」

それを聞いたとき優佳理が抱いた感情は、嬉しさではなく警戒心であった。実業家である父や兄姉から、取り入りたい相手のことを事前によく調べてアピールしてくる人間がいるという話を何度も聞いていたからだ。

そもそも優佳理は自分の作品をあまり知り合いに読んでほしくないタイプなので、こういうアピールは逆効果ですらある。

とはいえ、先述のとおり人気声優が作家に取り入るメリットなどないので、そのために本を読んできたというのは自分の考えすぎだろうとすぐに思い直した。

それから一緒に食事でもという話になり、スタジオ近くにあった会員制レストランに入って話をするうちに、彼女がガチオタで、しかも優佳理と作品の趣味が合うことがわかった。ちょうど優佳理と朋香が共通して好きな可児那由多《かじなゆた》という小説家が育児のため休業宣言をしたばかりだったこともあり、「はやく復帰してほしい」とか「可児先生と結婚したあの男許せない」といった話で盛り上がったりもした。

アフレコに立ち会うのは一話限りのつもりだったが、朋香が当然のように次のアフレコ後の予定を聞いてくるので結局十二話全部参加し、毎週朋香と夕食を食べた。

すべての収録が終わってからは超多忙な彼女と会う機会もなくなり、たまにＬＩＮＥでやりとりするだけになったのだが、半年ほど前に飼い猫のさるぼぼを預かってほしいと頼まれた。優佳理が前に「猫を飼ってみたいけど死ぬまで責任を持つ覚悟がなくて手が出せない」と話したことを覚えていたらしい。

朋香がツアーを終えてさるぼぼを引き取ってからは、再び顔を合わせる機会がなくなったのだが、今日、アフレコの予定が急になくなって時間ができたということで、久しぶりに食事でもどうかと誘われた。

優佳理も久しぶりに朋香に会いたかったので、それなら誕生日に兄から会員権をもらった寿司《すし》屋にでも……と思ったところで愛結の顔が浮かんだ。

ＯＫ。よかったら私のうちに来ない？


優佳理がＬＩＮＥでそう返すと、既読が付いてから数秒ほどの間があったあと、「御迷惑でなければぜひお邪魔させてください」という返事が来た。

というわけで愛結に夕食を豪華にしてくれるように頼み、優佳理は仕事――ではなくゲームに戻ったのだった。


午後六時。

優佳理の家に、須原朋香がやってきた。

ＭＶやライブ映像だとキラキラした衣装で髪型や髪の色も毎回違っていたが、現在はセミロングの黒髪で服装も地味。

しかし、

「お疲れ様です、先生」

玄関先でマスクを外して微笑《ほほえ》んだ彼女の顔は、愛結が動画サイトで見たときよりも可愛いと思った。

「お疲れ様、朋香ちゃん。さ、上がって」

優佳理が親しげに言うと、朋香は「はい」と頷《うなず》き、それから優佳理の後ろに立っていた愛結へと視線を向けた。

「ところで先生、そちらのかたは?」

「ちょっと前からうちに住み込みで働いてくれてる白川《しらかわ》愛結ちゃんよ」

「住み込……っ⁉」

「ええと、つまりアシスタントさんですか?」

優佳理の答えに、朋香は一瞬目を大きく見開き、すぐに元の表情に戻った。

「ううん。主に家事をやってもらってるわ」

「なるほど……お手伝いさんということですか」

朋香は愛結に顔を向け、何故《なぜ》か不穏な感じを受ける笑みを浮かべながら、

「初めまして。声優の須原朋香です。よろしくお願いします」

「は、初めまして。えっと……」

愛結も慌てて挨拶を返そうとし、職業をなんと言うか迷った末、

「白川愛結です。よろしくお願いします……」

「ちなみに白川さん、年齢をお聞きしても大丈夫ですか?」

「……十七です」

「あ、じゃあ私のほうが一つ上ですね。学校とかはどうしてるんですか?」

「行ってないです……今は」

愛結がばつが悪そうに答えると、朋香は「あ、ごめんなさい。いきなり不躾《ぶしつけ》で」とぺこりと頭を下げた。

「い、いいえ、べつに、大丈夫、です」

しどろもどろになって愛結が答える。

愛結と歳《とし》が一つしか違わないはずなのに、物腰や喋り方がすごく大人びていて緊張してしまう。普段から大人たちの中で仕事しているからだろうか。……下手《へた》すると優佳理よりも大人っぽいかもしれない。

と、そこで優佳理が、

「ほら、立ち話もなんだから、中へどうぞ」

そして三人はダイニングへと向かう。

「じゃああたし、夕飯の準備しますね」

愛結が言うと、

「お食事って、いつも白川さんが作ってるんですか?」

「たまに私も作るけど、基本的には愛結に全部お任せしてるかしら」

朋香の問いに優佳理が答える。

「愛結の料理の腕前はプロ並なのよ。朋香ちゃんも期待しててね」

ハードルを上げる優佳理に愛結は慌てる。

「そ、そこまで凄《すご》くないです！」

朋香は微笑みながら、「そうなんですかー」と少し残念そうな声音《こわね》で言った。

「普段はどんな料理を作るんですか？」

愛結はここ数日の食事を思い出し、ちらりと優佳理のほうを見た。優佳理も同じことを考えたらしく、目が合うと微《かす》かに苦笑を浮かべた。

「えっと……最近は猫缶料理、です」

「猫缶料理⁉」

朋香が驚きの声を上げた。

「猫缶のハンバーグとか、パスタとか、お好み焼きとか……」

愛結の言葉に朋香は目を剝《む》き、

「あ、あんた先生に猫の餌《えさ》を食わせやがったの⁉　なにそれイジメ⁉　虐待《ぎゃくたい》⁉」

いきなり荒い口調になった朋香に優佳理がやんわりと、

「落ち着いて朋香ちゃん。私が猫缶を食べようって提案したのよ」

「え、なぜ……?」

至極当然の疑問に、優佳理は可愛く小首を傾《かし》げ、

「えっと……物置にさるぼぼちゃんの餌が残ってるのを見つけたから、せっかくだし食べてみようかなって」

「それってもしかして小説のための取材ですか?」

「うん」

堂々と頷く優佳理に、愛結はジト目を向けた。

「さすが先生、小説のためなら猫の餌まで食べるなんて……」

勝手に好意的に解釈して尊敬の色を浮かべる朋香に、優佳理は「ふふ」と得意げな顔をした。

「……じゃあ今日も優佳理さんだけ猫缶食べますか? 実はまだ一個残ってるんですけど」

「それはほんとやめて」

愛結の言葉に、優佳理は真顔になって首を振った。

「冗談です」

そう言って愛結はキッチンに行き、食器や料理を食卓に並べ始める。

メインは海老、貝、タコ、イカといった、猫に食べさせてはいけない海産物をふんだんに使ったパエリア。

さらにこれまた海鮮をふんだんに使ったブイヤベース。

そして猫が食べてはいけないアボカドとタマネギのマリネに、オニオングラタンスープのパイ包み焼き。

「ひゃっはー！　人間のごはんだー！」

テーブル狭しと並べられた料理を見て、優佳理が子供のような歓声を上げる。

「そんな喜び方リアルで初めて聞きました……」

朋香が言い、それから値踏みするように料理を見つめ、

「……これ全部白川さんが作ったんですか？」

「あ、はい一応。須原さんも海鮮好きなんですよね？」

苦手な食べ物があったらいけないと思い、献立《こんだて》を決める前にネットで朋香のことを調べておいたのだ。

「……大好きです。超美味《ちょうおい》しそう……。写真インスタに上げてもいいですか」

何故か少し悔しそうに朋香は言った。

普段愛結が座っている椅子《いす》に朋香が座っているので、愛結は優佳理の隣の席に座る。

優佳理は白ワイン、愛結と朋香はジンジャエールをグラスに注《そそ》ぎ、

「それじゃ、とりあえず乾杯しましょうか」

優佳理が言うと、

「あ、そうだ先生」

朋香がバッグから何かを取り出し、優佳理に差し出す。

「ちょっと遅くなりましたがこれ、誕生日プレゼントです」

優佳理の誕生日は六月二十五日――二週間ほど前だ。

「え、ありがとう。開けてみていい？」

「もちろんです」

優佳理がプレゼント用の包装を開けると、黒い高級感あるデザインの箱が出てきた。

箱の中に入っていたのは、柄《え》の部分が木で作られた一本のしゃもじであった。

「「しゃもじ……？」」

愛結と優佳理が揃《そろ》って戸惑いの声を漏《も》らす。

朋香は頷き、

「ご飯が絶対にこびりつかない高級しゃもじです。熱にも強いので炒め物にも使えて、カレーとかに入れても色が移らないらしいです」

「え、すごい」と愛結。

実家でも優佳理の家でも、これまでしゃもじに対して特に不満を持ったことはなかったが、こびりつかないというのは少しだけありがたいと思う。

優佳理もしげしげとしゃもじを見つめ、

「へー……高級なしゃもじなんて概念自体を初めて知ったわ。いくらくらいするの？」

「一万二千円です」

「ぶっ」

愛結は思わず噴いてしまった。

「一万二千円⁉」

優佳理も目を丸くし、それから口の端を吊《つ》り上《あ》げ「なかなかやるわね朋香ちゃん……」とエア眼鏡《めがね》をクイッとやった。

「友達へのプレゼント選びって難しいのよね。服とかアクセサリーは自分のセンスで選びたいっていう人も多いし、家具とかインテリア系もそう。私の家族みたいに車とか美術品とか論外ね。かといって食べ物とか消耗品とかすぐなくなっちゃうのも寂《さび》しいし、ギフトカタログとか商品券は相手のことを考える手間を放棄してる感じがしちゃう……大して親しくもない相手ならそれでもいいんだけどね。うちの定番プレゼントのレストランの会員権は嬉しいけど、未成年の子がそんなのプレゼントしてきたら正直引く。その点、いくらあっても困らない日用雑貨っていうのはいい狙《ねら》い所だと思うの。特に自分では買わないけど貰《もら》ったら嬉しいっていう絶妙なラインの品ね。この高級しゃもじはまさにドンピシャ。料理する人だと包丁《ほうちょう》とか調理器具は自分で選びたいけど、しゃもじまでこだわってる人はそうそういないと思うの。高級しゃもじなんて存在すら知らなかったし、意外性があるのもポイント高いわ。百点満点の完璧《かんぺき》なプレゼントよ、朋香ちゃん」

「よかったぁ……」

めっちゃ早口な優佳理の話を緊張した様子で聞いていた朋香は、顔をほころばせた。

「実を言うと高級しゃもじなんてちょっと奇《き》を衒《てら》いすぎかもとか思って、もっと無難なものにしようか迷ったんです。先生、ハーバリウムが好きって言ってたからハーバリウムとか。でも先生の仰《おっしゃ》るとおり、インテリアとか小物って自分のセンスで選びたいじゃないですか。だからプレゼントにハーバリウムとかないなーって。特に自作のハーバリウムなんてあり得ないですよね！素人《しろうと》が作ったハーバリウムなんて誰《だれ》が喜ぶんだか」

プレゼントを褒《ほ》められた嬉しさから、興奮した様子でペラペラ喋る朋香に、

「……悪かったわね」

優佳理はボソッと不貞腐《ふてくさ》れたように呟《つぶや》いた。

「先生？」

怪訝《けげん》な顔をする朋香に、愛結は淡々と、

「あたし、誕生日プレゼントにハーバリウムもらいました。優佳理さん手作りの」

「え」

朋香の顔が強《こわ》ばる。優佳理はふくれ面《つら》のまま、

「……愛結と誕生日が近かったから手作りハーバリウムをお互いにプレゼントしたの。なお提案したのは私のもよう」

すると朋香は気まずそうに視線を彷徨《さまよ》わせたのち、

「プレゼントって、やっぱり気持ちが一番大事ですよね♥」

まるで心からそう思っているように聞こえるほど巧みな芝居で白々しいことを宣《のたま》った朋香に、優佳理が噴き出す。

「朋香ちゃん、さっきと言ってること違うじゃない」

「そ、それはその……。でも、ぶっちゃけ人によるじゃないですか！　先生の手作りだったら私だって欲しいもん！」

「ほんとに？　じゃあ物置に失敗作の自作ハーバリウムとか陶芸教室で作った微妙なお皿とかあるけど持って行く？」

「いえ、さすがにゴミを押しつけられるのはちょっと……」

優佳理は心外そうに、

「ゴミじゃないわよ。ゴミと言うほどではないけど微妙な出来の、物置のスペースが足りなくなったら真っ先に処分対象になる作品よ」

「どっちにしろいらないもの貰っても嬉しくないです。ちゃんと心をこめて作ったものをください」

「はいはい。じゃあ朋香ちゃんの誕生日には心のこもったギフトカタログをあげるわ」

「それ大して親しくもない相手にあげるやつ！」

ツッコむ朋香に優佳理は笑って、

「さ、そろそろ乾杯しましょうか。料理が冷めちゃうわ」

三人は自分のグラスを手に取り、軽く当てた。

「じゃあさっそく高級しゃもじを試してみましょうか」

飲み物を一口飲んだあと、優佳理がプレゼントの高級しゃもじを流しで軽く洗い、パエリアを取り分ける。

「あ、ほんとに全然こびりつかない。つるつる」

優佳理が感嘆《かんたん》の声を上げる。

「ほんとですか？　あとであたしにも使わせてください」

愛結の言葉に優佳理が「いいわよ」と答える。

それを聞いた朋香が微かに不満げな顔をしたことに、愛結は気づいた。


愛結の作った人間用食材オンリーの美味しい食事で会話も弾《はず》み、それにお酒も進み、優佳理はワイン一本とベルギー産エールビール（アルコール度数９％）一本を空《あ》けてしまった。

優佳理はそれほど酒に強くないので、完全に酔っ払っている。

自分が酔っ払っていてこれ以上飲むとヤバいということだけはわかっているのだが、頭が回らず身体《からだ》も上手《うま》く動かせず、しかしその状態がむしろ心地よい。

「あ～、頭がふわふわする～」

「優佳理さん、飲みすぎじゃないですか？」

心配そうな顔をしている愛結に、

「らいじょーぶー。酔ってるように見えるかもしれにゃいけど、中の人は酔ってにゃいから～」

「意味がわかりません」

「やっぱ、酔っ払ってる先生あざとかわいい……」

朋香が口を押さえて呟いた。

「だかりゃ酔ってにゃい～。外の人だけ酔ってて～、中の人は平気にゃの」

「はいはい完全に酔ってますね」

「酔ってにゃいのに～」

まだまだ行けることを証明しようとして、優佳理はビールの瓶《びん》に手を伸ばしたが、摑《つか》み損ねて瓶を倒してしまう。中身は空《から》だったのでこぼれはしなかった。

「もう。はい、もうお酒ないないですよ」

子供をあやすように愛結が瓶を取って軽く振る。

「おちゃけにゃいにゃいの……？　にゃんで？」

「優佳理さんが全部飲んじゃったからです」

「じゃ、じゃあ先生、私はそろそろ失礼しますね」

優佳理と愛結のやりとりを見て、朋香が苦笑を浮かべながら言った。

「え〜、もう帰っちゃうの〜?」

「もう十時過ぎですし……。また一緒にご飯食べましょう」

「うん……またね……」

頭をゆらゆら揺らしながら優佳理が言うと、

「はい。ごちそうさまでした」

マスクをして荷物を持って朋香が席を立ち、

「あ、白川さん。ちょっと玄関までついてきてもらっていいですか?」

「え? あ、はい」

愛結が戸惑いがちに頷き、二人は優佳理を残して部屋を出て行った。


優佳理の部屋を出た愛結と朋香は、無言のままマンションのエントランスに辿《たど》り着いた。

愛結は立ち止まり、

「えっと、じゃあ、さようなら」

すると朋香は急に振り返り、愛結の顔を睨《にら》むように見つめてきた。

何万人ものファンを持つ美少女に至近距離で見つめられ、不覚にもドキッとする。

後ろに下がると朋香はさらに距離を詰めてきて、やがて壁際《かべぎわ》まで追い詰められる。

「え、えっと？　須原さん？」

訝《いぶか》る愛結の前で、朋香はしばし逡巡《しゅんじゅん》の色を浮かべ、やがて意を決したように、

「あ、あなた、先生のことどう思ってるんですか？」

──あ、やっぱりそうなんだ……。

朋香の言葉を聞いた瞬間に愛結は確信を抱く。

彼女の優佳理に向ける視線は、友達や好きな小説家に向けるものではなかった。

自分がそうだったから、愛結にはわかる。

「須原さん、優佳理さんのこと……好きなんですか？」

言葉にして確認すると、朋香の顔は見る間に赤くなり、視線をあちこちに彷徨わせ最後に足下に向け、

「……好きですよ」

微かに声を震わせて肯定した。

「あれ、でも須原さんにはもう付き合ってる人がいるんじゃ……」

「はあ？」

朋香は顔を上げ、訝しげな視線を愛結に向けた。

「いないわよ付き合ってる人なんて。それどこ情報？　５ｃｈ？」

「えっと、なんかアニメの宣伝ですごい仲良さそうにしてたので……抱きついたりとか……」

「アニメの宣伝……どれのこと？」

「優佳理さんの……」

「あー、『犬メン』の……え、主演の和良《わら》さん？」

「そんな名前じゃなかったような……なんか女騎士の役の人」

「あ、そっち？　……あんなの百合《ゆり》営業に決まってるじゃないですか」

「ゆりえいぎょう？」

意味がわからず聞き返す愛結に、

「女性声優同士がまるで恋人みたいに過剰にベタベタしてみせることです」

「……？　なんでそんなことするんですか？」

「そういうのを喜ぶ人がたくさんいるからに決まってるじゃないですか。男性ファンにとっては暗に『彼氏なんていませんよー、女の子同士でイチャついてるほうが好きですよー』っていうアピールになりますし」

「なるほど……」

同性愛を題材とした創作物を好む人が大勢いることは愛結も知っている。

愛結がこれまで声優やアイドルのことを別世界の人だと認識していたように、朋香たちのファンは、フィクションの延長として——自分の生きる現実とは関係のないフィクションの延長として——百合営業とやらを楽しんでいるのかもしれない。

「じゃあホントはあの人のこと好きじゃないんですか？」

「役者としては普通に好きですよ。でも基本的には仕事を奪い合うライバルだし、プライベートで必要以上に仲良くしたりはしないですね」

「動画ではたまにデートしてるって言ってたのに……」

「そんなのリップサービスよ。そもそもあの人、ストレートで彼氏いるし。あ、これネットに書いちゃダメですよ」

「わ、わかりました」

期せずして知ってはいけないことを知ってしまい、愛結は慌ててコクコク頷いた。

「ていうか、そんなことより！」

朋香がずいっと顔を近づけてきた。

「私の質問に答えてください。白川さんは、先生のことどう思ってるんですか」

切実な声音に、愛結は怯《ひる》む。

ここで正直に答えるということは、自分が同性愛者だと打ち明けるということだ。

田舎《いなか》での出来事が脳裏《のうり》を駆け抜け、冷や汗が浮かぶ。

しかし彼女は、愛結が初めて出逢った自分の同類で、しかも同じ人が好きなのだ。

嘘《うそ》はつきたくない。

たとえ愛結の答えが朋香を傷つけることになっても、彼女に憎まれることになっても。

ここで誤魔化《ごまか》したら、自分は優佳理の恋人である資格を失ってしまう気がした。

だから、

「私は優佳理さんが好きです」

「やっぱり――」

「そして付き合ってます」

「――ってええ!?」

はっきりと告げた愛結に、朋香は素っ頓狂《すっとんきょう》な悲鳴を上げた。

と、そのときマンションの自動ドアが開き、住人らしきスーツ姿の男が入ってきた。

男に訝しげな視線を向けられ、朋香は慌てた様子で「ちょっ、ちょっと場所を変えましょう」

と愛結の手を引いて外へと向かった。

マンション近くの小さな児童公園のベンチに座り、愛結と朋香は再び話を始める。

「……で、本当なの？　先生と付き合ってるって」

敵意のこもった声で問われ、愛結は少したじろぎながらも「本当です」と頷いた。

「で、でも先生はストレートのはずじゃあ……」

ちなみにストレートとは、『身体的な性と自分が認識している性が一致しており、恋愛対象が異性である人』――要は性的マイノリティではない人のことだ。

「そうなんだけど、なんか告白したら付き合ってくれることになりました」

「そ、そんなぁ……」

目に涙を浮かべて朋香が嘆《なげ》く。

正直、気持ちはすごくわかる。

もしも自分が朋香と逆の立場だったら、やっぱり泣いてしまうだろう。

性的指向が異なるゆえに絶対に叶《かな》わない恋だと思っていたのに、想《おも》い人に同性の恋人ができたとなったら、なぜ相手が自分じゃないのかという嫉妬《しっと》や悲しみ、なぜ先に告白しなかったのかという後悔で胸がいっぱいになると思う。

「なんでよぉ……」

がっくりと肩を落として俯《うつむ》く朋香に、愛結はなんと声をかけていいかわからず黙り込む。

しばらくそうしていると、

「……はしたの？」

朋香がなにごとか呟いた。

「え、なんですか？」

聞き返すと、朋香は涙目のまま顔を上げて愛結を睨み、

「……も、もうキスはしたの？」

「え……⁉」

愛結の顔が一気に熱くなった。

その反応を見て朋香は唇を尖《とが》らせ、「……したんだ」と呟いた。

「……はい」

顔を真っ赤《まっか》にして小さく頷く愛結。

「じゃ、じゃあ………え、エッチは？」

恥ずかしそうに小声で訊《たず》ねてきた朋香に、愛結は顔を逸らしてもう一度小さく頷いた。

朋香は整った顔をくしゃりと歪《ゆが》ませ、

「うぅ……なんでよぉ……展開が急すぎるよぉ……さるぼぼ預かってもらってからまだ半年も経《た》ってないのに……。あ、ありのまま起こったことを話すぜ……私はノンケの美女をどうにか百合落ちさせようと三年がかりのプランを立てていたんだが、急に出てきた新キャラに速攻で掻《か》っ攫《さら》われて知らないうちに負けヒロインになっていた……。な、何を言ってるのかわからねーと思うが……」

「すいませんほんとになに言ってんのかわかんないです……」

俯きながら意味のわからないことを早口でブツブツ呟き始めた朋香に、愛結は困惑するしかなかった。正直こわい。

「……地道に好感度稼ぎを続けて一年、なんの成果も得られませんでした……私が無能なばっかりにフォカヌポウ……どこで差がついたのか……慢心、環境の違いなにをするくぁwせdrftgyふじこlp……」

朋香はそれからしばらく愛結には理解不能なネットスラングやネットミーム、アニメや漫画の台詞《せりふ》などを引用してひとしきり愚痴り続けたあと、最後にマスクを外し、

「あ～～」

さすがはプロの声優と言うべき肺活量《はいかつりょう》で、長い長いため息を吐《つ》いて顔を上げた。

「あ、戻ってきた」

思わず安堵《あんど》して声に出す愛結。

「……そもそもあなた、どうして先生の家で働くことになったの?」

朋香に問われ、

「えっと、あたしの従姉妹《いとこ》が優佳理さんの担当で、その紹介で」

「ああ、そういえば担当さんの名字も白川だったっけ……」

愛結はこくりと頷き、それから、東京《とうきょう》に来て京《みやこ》を頼る前の話――つまり、地元での出来事も朋香に話して聞かせた。

「……クソみたいな話ね」

愛結の話を聞いた朋香は、忌々《いまいま》しげに、吐き捨てるように言った。

「アウティングしたあなたの友達もクソだし、今どき平然とホモフォビアを撒《ま》き散らして許されるあなたの田舎もクソ。家出してきて正解だったわね」

アウティングとは、本人の了解を得ずに、性的少数者の公《おおやけ》にしていない性的指向や性同一性などの秘密を暴露すること。

ホモフォビアとは、同性愛や同性愛者に対する嫌悪や恐怖のことである。内心でその感情を抱くこと自体は外部から抑圧されていいものではないが、それを基《もと》に差別や迫害を行うことは許されない……と、多くの人が（頭では）理解し、（表向きは）正しいとしている。

「須原さんの周りの人は、知ってるんですか？」

「家族と事務所のマネージャーと社長は知ってるわ」

「そのことで気持ち悪がられたりとかは……」

「ないわ。打ち明けたとき多少は驚かれたけど」

「羨《うらや》ましいです」

愛結が素直にそう言うと、朋香は自嘲《じちょう》気味に嘆息《たんそく》し、

「肝心《かんじん》の海老先生には言えなかったんだけどね。やっぱり……怖いし」

「……わかります」

「でもあなたは先生に告白したんでしょ？　すごいなー……」

朋香は天を仰《あお》いで再び大きなため息を吐いたあと、

「……ねえ、先生のどこを好きになったの？」

「え」

いきなり訊ねられ、愛結はしばらく考えて、

「……顔、かな？」

正直に答えると、「はあっ⁉」と朋香は目を剝いた。

「たしかに先生の顔は天才的に綺麗《きれい》だけど！　スーパー麗《うるわ》しいけど！　でも真っ先に出てくるのが顔って！」

「ひ、一目惚《ひとめぼ》れだったからしょうがないじゃない……！　そういう須原さんは優佳理さんのどこが好きなんですか」

愛結が訊ねると朋香は誇らしげに、

「私は先生の見た目に惹《ひ》かれたわけじゃないわ。先生のデビュー作を読んでファンになって、ずっと作品を追い続けて映画やドラマもチェックして、そんな先生の作品のアニメのオーディションの話が来たから全力でメインヒロイン役を勝ち取って、アフレコの日に初めて先生の姿を見たらすごい綺麗な人で！　ずっと好きだった小説家が私の好みストライクの美人だったなんて、こんなの絶対運命だって思うじゃない！」

たしかに、好きな作品のヒロイン役を勝ち取ったのは本当に凄いと思う。

彼女の海老ヒカリ作品に対する愛の強さは本物なのだろう。

だが、

「でも結局、須原さんも見た目で選んでないですか？」

「え？」

愛結の指摘に、朋香は目を細める。

「だってアフレコのとき先生の姿を見て好きになったんでしょ？」

「はあ？　なに言ってんの？　デビュー作を読んでからずっと好きって言ったじゃない」

「それって作家のファンとして好きってことでしょ？　恋愛的な意味で好きになったのは優佳理さんの顔を見てからじゃないんですか？」

「ち、違うわよ、実際に会う前から私は作品から伝わってくる先生の内面が――」

反論しようとする朋香の言葉を遮《さえぎ》り、

「じゃあもし、アフレコに現れた優佳理さんがゴリラみたいなムキムキのマッチョマンとか鼻毛とか耳毛ボーボーの人だったら恋に落ちてた？」

「えっ、そ、それは……うぐ……」

悔しげに言葉に詰まる朋香に、愛結は「ふふん」と勝ち誇った笑みを浮かべ、

「ほら、やっぱり顔じゃん」

「た、たしかに顔が大きな要因なのは認めるけど！　でもそれだけじゃないし！」

「あたしだって、べつに優佳理さんの顔だけが好きなわけじゃないし」

「じゃあ顔以外にどこが好きなのよ」

「えっと……」

すぐには答えられず考える愛結。

大人としては明らかに駄目人間の部類なので尊敬とかはしてないし、優佳理の小説を読んだことがないのでどんな作家なのかも知らない。

「……身体、かな？」

「最低じゃん！」

非難の声を上げる朋香に愛結は慌てて、

「で、でも優佳理さん身体もすごい綺麗で」

「い～～や～～ッ！　聞きたくない～～ッ！　そんな羨ましい話は聞きたくない～～!!」

耳を塞《ふさ》いで叫ぶ朋香に愛結は苦笑し、

「……でもほんとに、優佳理さんの見た目だけが好きなわけじゃないですから。あたし作家じゃないから、上手く言葉にできませんけど……ちゃんとその、内面？　みたいなのも好きです。……あ、愛してます」

だからこそ、想いを抑えきれずにあのとき告白してしまったのだ。見た目が好きなだけだったらきっと我慢できた。

「……ふうん」

ゆっくりと真剣に言葉を紡《つむ》いだ愛結に、朋香は拗《す》ねたような顔を浮かべ、

「もういいわかった聞きたくない。どうせノロケと自慢しか出てこなさそうだし」

「はあ」

「ところで海老先生の作品だと何が一番好き？」

「急ですね」

愛結が言うと、朋香は苦笑を浮かべ、

「だって同年代の子とリアルで好きな作品の話をする機会ってあんまりないから」

たしかに、常に仕事で忙しく、仕事先で会う同世代の人間はみんなライバルという環境だと、気軽に取るに足らない雑談をするのは難しいのかもしれない。

できれば期待に応《こた》えてあげたいところだが、

「ごめんなさい、あたし、優佳理さんの小説読んだことなくて……」

「はあっ⁉」

朋香はまたしても目を見開いて憤《いきどお》りの声を上げた。

「あたし小説読もうとするとすぐ眠くなっちゃって……」

「海老先生と……否《いな》、小説家と付き合っておいてそんなことが許されると……⁉」

わなわなと震える朋香に、愛結は慌てて、

「あっ、でも『心臓をさがせ』の映画はＤＶＤで観ました！」

「あんなクソ映画は海老ヒカリ作品としてカウントしません！」

すごい剣幕で断言する朋香。

あの映画けっこう面白かったのに……と思う愛結だったが、

「そういえば優佳理さんも映画を自分の作品だと思ってほしくないってゆってたっけ……」

「ほらあ！」

朋香は何故かドヤ顔をして、

「海老先生の作品の魅力は小説でなきゃ伝わらないの！　メディアミックスなんて不可能！」

「ええ⁉　自分も優佳理さんのアニメに出てるのに？」

愛結の指摘に朋香は「う……」とばつが悪そうな顔をして、

「そ、それはそれよ！　大好きな作品だからこそ、どうせアニメ化したって原作の魅力の半分も引き出せないクソになるんだから、原作を世界一愛してる私が出演して少しでもマシなクソにするために力を尽くしたの！」

「すごいこと言いますね……」

愛結はちょっと……いや、かなりドン引きしつつも、作品を世界一愛していると言い切るその自負は素直に凄いと思う。

「そもそも海老ヒカリ作品の魅力っていうのはね――……」

それから朋香は、優佳理の小説についてめちゃくちゃ早口で説明し始めた。

愛結はそれをほとんど聞き流していたが、とりあえず、朋香が本気で海老ヒカリの小説が大好きなのだということはよくわかった。

「というわけで、絶対に先生の本を全部読むこと！　読まないなんて人生損してるから！　メディアミックスは基本スルーでいいけど『孫子《そんこ》の恋愛兵法《へいほう》』のドラマの最終回だけは観る価値がなくもないわ」

「最終回だけ観ても……。須原さんが出てるアニメは？」

「観る価値ナシ！　ギャグとお色気ばっかり強調されてて、理不尽な運命に抗《あらが》うっていう原作の根底に流れる骨太なテーマ性がまったく生かされてない駄作！」

自分の出演作品にすら容赦《ようしゃ》ない朋香に、愛結は感心する一方で、もしもこの発言がネットで拡散されたら絶対炎上するなとも思う。

「はぁ……じゃあ、えっと……気が向いたら読んでみようと思います……」

「気が向いたらじゃないの、絶対に読むの！　死んでも読むの！　帰ったらすぐね！　一冊読み終わるごとにＬＩＮＥで私に報告しなさい！」

「ええー……」

嫌な顔をする愛結に、朋香は嘆かわしげに、

「ったく、情けない……。やっぱり私のほうが先生の恋人に相応《ふさわ》しいかもね」

「……！」

朋香がなんの気なしに放ったその言葉は、ざっくりと愛結の胸を抉《えぐ》った。

同世代で同じセクシャリティであっても、ただの家出少女で優佳理の小説もまともに読んだことがない自分と、プロの声優として活躍している上に海老ヒカリの大ファンでもある朋香、傍《はた》から見てどちらが優佳理の恋人として釣り合いが取れているかは明白だからだ。

朋香とＬＩＮＥを交換し、彼女がタクシーを呼んで去っていったあとも、愛結の頭にはしばらく「私のほうが先生の恋人に相応しい」という朋香の言葉が反響し続けていた。


「ふにゃ……」

テーブルに突っ伏して寝ていた優佳理は、目を覚まして部屋の中を見回した。

朋香が愛結を連れて部屋を出て行ったところまでは覚えているのだが、その直後に寝落ちしてしまったらしい。

時計を見ると、時刻は二十三時半近く。

部屋に愛結の姿はなく、テーブルの上の食器や食べかけの料理もそのまま残っている。

愛結はいつも食事が終わるとすぐに洗い物を始めるので、どうやらまだ帰ってきていないようだ。

朋香を送るついでに、コンビニにでも行ったのだろうか。それにしたって一時間以上経っているので遅すぎる。

もしかして何か事件に巻き込まれたとか——。

悪い想像が頭に浮かび、咄嗟《とっさ》にリビングを飛び出したそのとき、玄関のドアが開き、愛結が部屋に入ってきた。

「愛結！」

思わず叫ぶと、愛結は驚いた顔をした。

「は、はい！　なんですか？」

優佳理は恥ずかしくなり、

「え、あ、うん……随分遅かったわね」

「すいません、須原さんと外で話し込んじゃって」

「ああ……そうだったのね」

三人で食事をしているときの愛結と朋香の様子は、お互いにどこか警戒し合っているような印象もあったのだが、二人きりで話し込むほど打ち解けたのだろうか。

やっぱり、同年代の子のほうが喋りやすいのかしら……。

優佳理の胸がちくりと痛み、そのことに衝撃を覚える。

まさか、こんなことで自分は嫉妬している？

愛結が同年代の美少女と仲良くなったことにヤキモチを妬《や》いている？

愛結が自分以外の女の子を好きになるんじゃないかと不安になっている？

そんなことはない。愛結は簡単に乗り換えるような子じゃない。

でも相手は超人気アイドル声優で、そんじょそこらの女子とはレベルが違うし——。

ああ駄目だ……最近愛結に振り回されすぎている気がする。

海老原《えびわら》優佳理という人間は、本来もっと自由気ままで身勝手で飄々《ひょうひょう》としたキャラクターだったはずなのに。

「ふう……」

アルコールの影響もあって乱れがちな思考をいったん落ち着かせ、

「朋香ちゃんとどんなこと話してたの？」

「あ、えーと……」

愛結は少し考えるようなそぶりを見せたあと、

「なんか、優佳理さんの小説のことを延々と布教されました。素晴らしすぎて読まないと人生損してるとか。あの人、海老ヒカリ先生ガチ勢すぎます」

どこか誤魔化すような感じが気になったが、

「相変わらず朋香ちゃんは大げさなんだから……。私の小説なんて大したものじゃないのに」

優佳理は違和感をスルーして、自嘲的な苦笑いを浮かべてそう言った。

須原明香

【すはら・ともか】

身長	162
誕生日	4月18日
血液型	O型
職業	声優
趣味	インターネット
特技	歌
好きな作家	海老ヒカリ、可児那由多

〆切前には神頼みが捗る

〆切《しめきり》がヤバいので富山《とやま》へ逃亡したものの京《みやこ》に捕捉され仕方なく原稿を徹夜で書き上げてから、およそ二週間が過ぎようとしていた。

その間、愛結《あゆ》とイチャイチャしたり猫缶を食べてみたり久々に須原朋香《すはらともか》と会ったりと、プライベートはそれなりに刺激的で楽しかったのだが、原稿のほうはほとんど進んでいない。

〆切を乗り越えると、また新しい〆切がやってくる――。

「……断ち切らなければならないわね。この……負の連鎖を……！」

「突然なんですか？」

シリアスな顔をしてそう言った優佳理《ゆかり》に、一緒に朝食を食べていた愛結が怪訝《けげん》な視線を向けてきた。

「また〆切が迫ってきたから逃げましょう」

「またですか⁉　駄目ですよ！」

慌《あわ》てる愛結に優佳理は不敵な笑みを浮かべ、

「大丈夫よ。今度は細心の注意を払って逃げ切ってみせるわ。前回は愛結のＳＮＳをみゃーさんに特定されて居場所がバレちゃったから、逃亡中の投稿は控えてもらうけど。あ、でも垢《あか》バレしてるのを逆に利用して、行き先と全然違う場所の写真を上げて撹乱《かくらん》するのも手かもしれないわね」

「そうじゃなくて！　逃げないでください！」

「愛結だってまた私と旅行に行きたいでしょう？」

「そ、それはそうですけど」

愛結は少し怯《ひる》みつつも、なおも強い口調で、

「でも仕事終わってないうちは駄目です！　旅行には、ちゃんと原稿を終わらせて綺麗《きれい》な身体《からだ》になってから行きましょうよ」

「原稿が終わってない私の身体は汚いと言うの……？　愛結、ひどいわ……うう……」

優佳理が泣き真似《まね》をすると、

「そ、そういう意味じゃないです！」

「原稿を終わらせてない私は汚いから、エッチなこともできないわね……」

「そ、それは困ります！」

「旅行に行きたいっていう私の希望は聞いてくれないのに、自分の欲望は満たしたいなんて、ちょっと都合がよすぎるんじゃないかしら？」

「うう……」

意地の悪い笑みを浮かべる優佳理に、愛結は泣きそうな顔で呻《うめ》き、

「で、でもやっぱり駄目です！　あっ、そうだ！　優佳理さんが原稿を終わらせるまで毎日、優佳理さんが食べたいものを作りますから、それで仕事を頑張ってくれませんか？」

「食べ物かー……」

苦《くる》し紛《まぎ》れという感じの提案だったが、愛結の料理の腕前は確かなので、たしかに魅力的ではあった。

「……好きなもの、なんでもいい？」

「は、はい！」

頷《うなず》く愛結に、優佳理は少し考え、

「じゃあ伊勢《いせ》エビが食べたいわ」

ストレートに自分がいま食べたいものを口にした。

名字に海老が入っているからかもしれないが、昔から海老原《えびわら》家ではエビ料理が多く食され、家族どころか親族全員エビが好物である。

優佳理も天ぷら、エビフライ、塩焼き、アヒージョ、パエリア――最近白エビの天ぷらや揚《か》げも加わった――どれも好きだが、とりわけ伊勢エビ料理は大好きで、誕生日や正月などハレの日には必ず食べるほどである。

「い、伊勢エビですか……」

愛結が困った顔を浮かべる。

「うん」

「伊勢エビって……すごい高いですよね」

「そうね。誕生日に食べたのは一万円くらいだったかしら」

「エビ一匹でいちまんえん……」

先月の優佳理の誕生日に高級スーパーで伊勢エビを買ってきてテルミドールを作ったのだが、愛結がその値段に驚愕《きょうがく》し「ほ、本当に買うんですか?」と怯んでいたことを憶えている。

愛結はテルミドールを作ったことがなく、高級食材で初挑戦の料理を作るのに抵抗があるとのことで、伊勢エビのテルミドールは優佳理一人で作った。

「じゃ、ちょっと新宿の高級スーパーで伊勢エビを十匹くらい買ってきてちょうだい」

「なんで十匹も!?」

「だっていろんな料理が食べたいし。今日のお昼はエビフライ、夜は天ぷら、明日の朝は塩焼きがいいわ。あ、でも生きたまま売ってたら最初はお刺身でお願い」

するとと愛結はぶんぶんと首を振り、

「む、無理です伊勢エビ料理なんて作ったことないですし! 食べたのだってこないだ優佳理さんが作ってくれたテル……テリム? なんとかみたいな名前のグラタンみたいなやつが初めてで!」

「でも、なんでもいいって言ったわよね?」

「あたしに作れる料理ならなんでもってゆう意味です！」

「だから挑戦して作れるようにするんじゃない。大丈夫、愛結ならできるわ。まあ、殻《から》が頑丈だから剝《む》くのは大変だし、大きいから火加減も難しくて私も何度か加熱しすぎてパサパサにしちゃったし、生きてたら尚更《なおさら》難易度高そうだけど……愛結なら初めてでも美味《おい》しく作ってくれるって信じてるわ！」

「信頼が重たいです……もし失敗したら一万円が台無しになっちゃうなんて……」

なおもビビっている愛結に、

「でも、そろそろ愛結にも高級食材の調理に慣れてもらわないと困るわ。これからずっと一緒に暮らしていくんだから」

「ず、ずっと……」

愛結は頰《ほお》を赤らめながらも、

「で、でもやっぱり伊勢エビは……。カニとか牛肉ならどうですか？　それなら美味しく作れる自信があります」

「やだ。今日は伊勢エビの気分なの」

べつに意地悪というわけではなく、「伊勢エビが食べたい」と言葉にしたことで、本当に優佳理の脳は伊勢エビ食べたいモードに入っていた。

「なにごとも挑戦よ。失敗したらまた作り直せばいいじゃない」

「気軽に練習に使えるような食材じゃないから困ってるんです！　ロブスターだったらどうですか？　値段伊勢エビの半分くらいですよね。それでも高いけど……」

「ロブスターと伊勢エビを一緒にしないで！」

「ゆ、優佳理さん……？」

突然の鋭い声に怯む愛結に、優佳理は真剣な眼差《まなざ》しで、

「ロブスターと伊勢エビは味も食感も全然違うわ」

「そうなんですか？　同じでっかいエビなのに……」

「どこが⁉　見た目からして全然違うじゃない！」

「……そうでしたっけ？」

「ちょっと待ってね……ほら！」

優佳理はスマホで伊勢エビの写真とロブスターの写真を表示し、交互に見せる。

「まるで日本の鎧《よろい》武者《むしゃ》を思わせる重厚感あるフォルムが渋くて格好いいのが伊勢エビ。丸っこいフォルムで大きな鋏《はさみ》を持ってるバーサーカーみたいな、これはこれでまあ格好いいのがロブスターよ」

「……へー、たしかに比べてみると全然違いますね。あたし的にはロブスターのほうが強そうだと思うんですけど」

「見た目より大事なのは味よ。伊勢エビ、とても美味しい！　ロブスター、まあ美味しいんだけ

どエビと比べると大味！」

「は、はあ」

「……そもそも、ロブスターはこの大きな鋏からもわかるように、厳密にはザリガニの一種なのよ。やつがオマールエビとか名乗っていること自体、真のエビ愛好家にとっては許しがたい事実……」

「自分で名乗ってるわけじゃないと思うんですけど……」

「まあ生物学的にはザリガニもエビの仲間だし、海外では伊勢エビのこともロブスターって呼んでるのがややこしいんだけど、伊勢エビとロブスターが全然違う生物ということだけは憶えておいてほしいわ」

「あ、はい……」

愛結は気圧《けお》されたように頷き、

「ロブスターじゃ参考にならないとなると……一度伊勢エビのフライとか天ぷらを食べてみないと正解が――あ」

失言に気づいて愛結が顔を強《こわ》ばらせる。

優佳理は笑顔を浮かべ、

「そうね、愛結の言うとおりだわ！　たしかに一度は正解を食べてみないと、本当に上手《うま》く作れたのかどうかも判断できないわよね！」

「ちょ、優佳理さん、待っ」

「愛結が伊勢エビを調理できるようになるために、さっそく伊勢エビを食べに行きましょう」

「い、行くってどこにですか！」

「伊勢エビなんだから伊勢に決まってるじゃない」

「い、伊勢？　伊勢ってどこでしたっけ」

「三重県《みえ》よ」

「三重県……ってどこだっけ……。てゆうか、わざわざ三重まで行かなくても、ぜったい東京《とうきょう》にも伊勢エビが食べられるお店ありますよね⁉　東京なんでもあるし！」

「駄目よ。せっかくだから本場の味を知らないと。これもすべて愛結のため！　かーっ、仕方ないわー、原稿全然書けてないけど愛結の成長のためだから仕方ないわー」

喋《しゃべ》りながら、優佳理はスマホを操作して伊勢エビ料理が豊富な店やホテルを調べ、サクッと宿の予約まで済ませてしまった。

「ハイもう予約しちゃった～」

予約完了画面を愛結に見せる優佳理。

「早っ⁉　手際《てぎわ》よすぎませんか⁉」

「まあ、伊勢には何度も行ってるからねー」

「す、すぐにキャンセルしてください！」

「当日だからキャンセルしても料金全額支払うことになるわよ。伊勢エビ数匹分のお金を無駄にしないためにはもう伊勢に行くしかないの」

「うう……みやちゃんごめんなさい……」

悪魔の笑みを浮かべる優佳理に、愛結はついに屈し、申し訳なさそうに呻いた。

というわけで今回の逃亡先は三重県伊勢市に決まったのだった。


旅の支度《したく》をわずか三十分ほどで終え、愛結と優佳理は家を出た。

優佳理はいつの間にか、愛結のぶんも含めた下着や着替え、日焼け止めや化粧品、生理用品、充電器など最低限必要なものをまとめた『緊急用バッグ』とかいうものを用意しており、あとはスマホと財布さえ持てばすぐにでも旅に出られるのだ。災害など緊急時の備えにもなるので駄目とは言えないが、この周到さを仕事に生かせばいいのにと思う。

マンションからタクシーでJR品川《しながわ》駅に行き、東海道新幹線で名古屋《なごや》へと向かう。

「……口では優佳理さんに敵《かな》わないから、やっぱりみやちゃんの言うとおり鎖骨折るしかないのかも……」

新幹線の窓から外を見つめながら、愛結が真顔で呟《つぶや》くと、

「怖いこと考えないの。ほら、あーん」

そう言って優佳理が愛結の口元に差し出してきたのは、品川駅で購入したバームクーヘンだった。

昼食は伊勢エビ三昧《ざんまい》と決めているので、旅のお供は駅弁ではなくお菓子である。

優佳理が買ったのは普通のバームクーヘンではなく、見た目はアメリカンドッグのようで、棒に白い砂糖とドライフルーツで可愛《かわい》くデコレーションされたケーキが刺さっている。

「もう……」

愛結は小さく唸《うな》り、バームクーヘンにかぶりついた。

しっとりとした生地が舌の上でとろけ、口の中に濃厚な甘みが広がっていく。

「………めっちゃ美味しい……」

一瞬で幸せな気分にさせられ、愛結の口から素直な感想が漏《も》れた。

「でしょう？　このバームクーヘン大好きなの」

優佳理が言って、愛結が一口食べたそれを自分の口へと運ぶ。

今さら間接キスがどうとか気にする間柄でもないのに、愛結は顔が熱くなるのを抑えられなかった。

バームクーヘンを食べて車内販売のコーヒーを飲み、すごい硬いアイスを食べていると、窓の外に大きな山が見えた。

「あっ、優佳理さん！　あれ富士山じゃないですか⁉」

「ん？　ああ、そうよ」

興奮する愛結に、優佳理が落ち着いた様子で頷く。

以前スカイツリーの上から見たときよりもはっきりと大きく見える。

「富士山が見えるってことは、今は静岡《しずおか》かしら。静岡も海鮮が美味しいのよ。明日は沼津《ぬまづ》か焼津《やいづ》あたりに宿を取って海鮮三昧もいいかも。でもせっかく三重に行くんだから松阪牛《まつさかうし》も食べておきたいのよねー」

楽しそうに語る優佳理。

今回の旅は昼食の店と今夜の旅館しか予約を取っておらず、明日旅館をチェックアウトしてからの予定は一切《いっさい》決めてないという。

「先生ってほんとに自由ですね……」

愛結は呆《あき》れつつも、そんな優佳理のことを眩《まぶ》しく思う。

こんな大人は、田舎《いなか》に住んでいたときの愛結の周囲には一人もいなかった。

普通に高校を出て普通に就職して普通に結婚して普通に子供を産んで普通の家庭を築く――それが愛結の両親をはじめとする人々にとっての「正しい」人生だった。

だったら、最初から普通じゃない側、正しくない側に生まれてきてしまった人間は、どうすればいいのだろう。

自分を偽り、普通の人の真似をして、正しい人生を偽装するしかないのだろうか。

優佳理を見ていると、そんなふうに悩んでしまう自分がすごくちっぽけに思える。

けれど優佳理が自由に生きられるのは、本人の才能や環境に恵まれたからだとも思う。

ただ普通と違うだけの凡人が、なにもかも特別な人の側にいてもいいのだろうか――。

ネガティブな感情が鎌首《かまくび》をもたげたそのとき、愛結のスマホが震えた。

見ると須原朋香からＬＩＮＥでメッセージが届いていた。


もう読み終わった？


「ＬＩＮＥ……⁉　まさかもうみゃーさんに嗅《か》ぎ付けられた……⁉」

優佳理が警戒の色を浮かべる。

「違います。朋香さんからです」

優佳理の本を読んだらＬＩＮＥで報告するようにと言われていたのだが、やっぱり小説は苦手なので手を付けることなく過ごしていたところ、二日後に朋香のほうから「もう読んだ？」という問い詰めメッセージが届いた。

まだ読み始めてすらいないことを正直に伝えると、「百億歩譲って『心臓をさがせ』のコミック版から入ってもいい」と言われたので、物置にあった漫画を読んだ。

たしかに映画と全然違う内容で、映画よりも断然面白《おもしろ》かったので朋香にそう伝えたところ、

「じゃあ次は原作ね！」と強く勧められ、ついに愛結はかつて寝落ちして挫折した『心臓をさがせ』の小説に再び手をつけたのだった。

漫画版でおおまかなあらすじを知り、キャラクターの姿が頭に浮かぶようになっていたので、あのときよりもすんなりと読み進めることができた。とはいえ愛結にとって小説を読むのが大変なことに変わりはなく、ペースは遅々としたものだったが。

愛結が小説に手をつけたことを知った朋香は、毎日のようにどこまで読んだか訊《き》いてきては、ペースの遅さに文句を言いつつも「あ〜、今そこか〜、実はその直後にね〜……おっと、ネタバレは厳禁だったわフヒヒサーセン」などと思わせぶりなことを言って楽しそうにしている。ネタバレもなにも、コミックは最後まで読んだので、展開については知っているのだが。

そんな感じで朋香とは、ほぼ毎日ＬＩＮＥや電話をしている。

人気声優の彼女が暇を持て余しているわけはないので、貴重な空《あ》き時間に連絡をくれているのだろう。

これは愛結の想像だが……朋香は友達がいないのかもしれない。

愛結としても、初めてできた同性愛者の友達は大事にしたい。こみ上げる劣等感だけは、どうしても消せそうにないけれど。

「……愛結、朋香ちゃんとよくＬＩＮＥしてるの？」

優佳理に問われ、朋香への返信を打ちながら「あ、はい」と頷く。

早く最後まで読めと催促してくる朋香に、「いま旅行中だから読めない」と返すと、
『旅行⁉　先生と⁉』
『うん。いま新幹線』
『うらやましいいいいいいいいいいい！！！！！！！！！』
愛結は照れ顔のスタンプを送る。
『行き先どこ⁉』
『伊勢』
朋香からニコ・ロビンが「いぎたいっ！！！」と叫んでいるスタンプが送られてくる。
……このシーン、「行きたい」じゃなくて「生きたい」だったような。
苦笑しつつ、
『おみやげほしい？』と訊《たず》ねると、
『そんなものはいらん。先生の写真クレクレ』
『わかった』
『ドチャシコなのをキボンヌ』
……どちゃしこ？　きぼんぬ？
彼女はちょくちょく意味のわからない言葉を使う。
『どういう意味？』

『先生のエッチな写真ください』
　バカか。
『いや』
『1枚1万円でどうだろうか』
『だめ』
『5万円ならワンチャン？』
『ない』
『代わりに私の裸の写真あげるから』
『冗談でもあんまりそういうこと言わないほうがいいと思うよ』
『ガチ忠告ktkrコポォ…』
「けーてぃーけーあーるこぽぉ……？」
　思わず声に出して読んでしまった。
　その後「ごめんなさい」と謝っているスタンプが届き、愛結は笑顔のスタンプを返す。
「……楽しそうね」
　優佳理がどこか拗《す》ねたような口ぶりで言った。
「あっ、まあ、はい。朋香さんのLINEのノリってすごい独特ですよね」
　すると優佳理は怪訝な顔で、

「そう？　若いのに言葉遣いがいつも丁寧だなーとは思うけど」

「優佳理さん相手だとそうなんですね……」

「愛結には結構フランクなの？　やっぱり歳《とし》が近いから？」

「そうかもしれないです」

「朋香ちゃんとどんなこと話すの？」

……まさか「優佳理さんのエッチな写真を要求されました」と言うわけにもいかず、

「優佳理さんの本の話が多いです。あたしはまだ『心臓をさがせ』の途中までしか読んでないんですけど」

「読まなくていいって言ってるのに……」

優佳理は少し困った顔で呟き、それからフッと笑みをこぼした。

「でも、愛結にだけは読んでもらいたいかも」


——私ね、人に期待されたくないの。主人公やヒロインになんてなりたくない。誰《だれ》かの特別になんて、なりたくないの。


かつて優佳理が涙を浮かべながら言った言葉が、愛結の頭に甦《よみがえ》った。

誰かの特別になりたくない優佳理が、愛結の特別な存在になってくれた。

その事実を改めて嬉《うれ》しく思うと同時に、自分は本当に、優佳理から特別扱いされるような人間なのだろうかと悩んでしまう。

「愛結、どうかした？」

「あ、いえ。それじゃああたし、頑張って優佳理さんの本全部読みます。眠くなっても寝ないように頑張ります！」

「……べつにそこまで無理して読んでもらわなくてもいいんだけど」

宣言する愛結に、優佳理は拗ねたように唇を尖《とが》らせた。


名古屋駅で新幹線から在来線に乗り換えて電車に揺られることおよそ一時間半、優佳理と愛結は伊勢市駅に到着した。

時刻は十三時半。さっそく予約した店に向かい、料理を注文する。

注文したのは、白米とお茶のほかはすべて伊勢エビ料理のみ。

伊勢エビの刺身、伊勢エビの天ぷら、伊勢エビの塩焼き、長寿汁（伊勢エビの味噌汁《みそしる》）……。

サラダや魚の刺身などが付いたお得なランチメニューには目もくれず、すべて単品での注文である。

「だ、大丈夫なんですかそんなに頼んで……」

メニューと値段を見て萎縮《いしゅく》している愛結に、優佳理は微笑《ほほえ》み、

「だから値段なんて気にしなくても大丈夫よ」

「で、でも……」

「だったら勉強だと思うといいわ」

「勉強？」

愛結が訝《いぶか》しげな顔をする。

「愛結が伊勢エビを調理できるようになるための勉強。愛結の料理のレパートリーが増えれば私にもメリットが大きいから、愛結に豪華な料理を食べさせるのは私にとっては投資とも言えるわね」

「勉強……投資……」

愛結は反芻《はんすう》し、

「べ、勉強が無駄にならないように頑張ります！」

気合いの入った声でそう言った。

「あんまり力みすぎないようにね。料理はリラックスして美味しく食べるのが一番だから」

生真面目《きまじめ》な愛結のことを可愛いなと思いつつ、優佳理はやんわり諭《さと》した。

そんなわけで、二人はテーブルに続々やってきた超豪華な伊勢エビ料理を堪能《たんのう》する。

誕生日に自分で作ったテルミドールもちゃんと美味しかったのだが、やはり本場でプロの料理人が料理した伊勢エビはひと味もふた味も違う。揚げ加減、焼き加減、塩加減、すべて伊勢エビという食材に最適化されている。

「どう愛結？　うちでも作れそう？」

真剣な顔で一口一口じっくり味わっている愛結に訊ねると、

「……味は覚えました。あとは練習あるのみです」

まるで料理漫画のキャラクターみたいな返事に、優佳理は思わず笑ってしまった。

超豪華な昼食を堪能して店を出たあとは、ホテルにチェックイン。

部屋に荷物を置いてすぐに大浴場で汗を流し、夕食の時間まで二人でゲームをしながらのんびり過ごす。

ホテルの夕食でも伊勢エビのパスタと伊勢エビのテルミドールが出され、完全に伊勢エビ欲が満たされた優佳理は、食後にもう一度お風呂《ふろ》に入り、夜は愛結に食べられたのだった。

「愛結、今日はなにが一番美味しかった？」

彼女の肌の温《ぬく》もりを感じながら優佳理が訊ねると、愛結は少し考えたあと「優佳理さん」と答え、優佳理の首筋に舌を這《は》わせた。

そして翌朝。

朝食を食べて早めにチェックアウトを済ませた二人は、伊勢神宮《じんぐう》に向けて出発する。

伊勢神宮に行こうと優佳理が愛結に言ったとき、愛結はあまり気乗りしない様子だった。

「伊勢神宮って要するにお寺ですよね。なにが面白いのかよくわからなくて……」

若者らしい回答に苦笑しつつ、

「お寺じゃなくて神社なんだけど……大丈夫、愛結もきっと気に入ると思うわ」

「そうかなぁ……」

疑わしげな愛結とともに伊勢市駅前でバスに乗り、内宮《ないくう》前で降車。

伊勢神宮は外宮《げくう》と内宮に分かれており、正式なお伊勢参りの作法としては外宮を回ったあと内宮に行くのだが、外宮は今回はパスした。

内宮への入り口となる宇治橋《うじばし》を渡って鳥居をくぐり、参道に足を踏み入れる。

玉砂利《たまじゃり》の敷き詰められた広い参道の脇《わき》には、見上げるほどに背の高い木々がそびえ立ち、青々と茂る葉の隙間《すきま》から太陽の光が降《ふ》り注《そそ》いでいる。

静謐《せいひつ》な空気の中、鳥の鳴き声と玉砂利を踏みしめる靴音が響く。

ここを歩いていると、特定の信仰を持たない優佳理でも、何か神聖なものを感じずにはいられない。

「はー……たしかにけっこうすごいかも」

木々を見上げて歩きながら愛結が感嘆《かんたん》の声を漏らした。

手水舎《ちょうずや》で手を清めたあと、域内の建造物を眺めたり写真を撮ったりしながら参道を進んでいくと、内宮の中心である正宮《しょうぐう》、皇大神宮《こうたいじんぐう》へと辿《たど》り着く。

日本神話の主神である天照大御神《あまてらすおおみかみ》が祀《まつ》られ、中には三種の神器の一つ、八咫鏡《やたのかがみ》が御神体として納められている。

「ここでお祈りすればいいんですか?」

愛結の問いに、

「伊勢神宮は個人的なお願いをしに行く場所じゃなくて、神様に感謝を伝える場所だとされているわ。個人的なお願いをする場所はここたは別にあるから、とりあえず何か感謝しておくといいんじゃない?」

すると愛結は、少し頬を赤らめ、

「じゃ、じゃあ、優佳理さんと出逢えたことを感謝しようと思います」

あまりに率直《そっちょく》な発言に、優佳理も照れてしまう。

「そ、そう……なら私も愛結と出逢えたことを感謝するわ」

二人は並んで石段を登り、正宮の殿舎《でんしゃ》前に立つ。

二回深々とお辞儀して、二回手を合わせ、優佳理は前もって宣言したとおり、心の中で愛結との出逢《であ》いを感謝した。

最後にもう一度お辞儀をして正宮を離れ、続いて別宮《べつぐう》、荒祭宮《あらまつりのみや》へと向かう。

別宮とは正宮に次ぐ格の高いお宮で、内宮域内には荒祭宮と風日祈宮《かざひのみのみや》の二つの別宮があり、個人的な願い事は荒祭宮でするのが習わしらしい。

社殿の前でまた二礼二拍して、優佳理は少し迷いながら、

……愛結といつまでも一緒にいられますように。

目を閉じ、心からそう願った。

一礼して殿舎を離れ、参道を歩きながら、

「愛結はどんなお願いをしたの？」

訊ねると、愛結は顔を赤くして、

「優佳理さんといつまでも一緒にいられますようにってお願いしました」

実際に言葉で聞くと想像以上にすごく恥ずかしい。

「ふふ、それはまたベタベタなお願いね」

優佳理が頬を赤らめて笑うと、愛結は唇を尖らせ、

「じゃあ優佳理さんは何をお願いしたんですか？」

「手つかずの原稿が何故《なぜ》か完成していますように」

照れ隠しで即座に嘘《うそ》をつく優佳理。

「神頼み⁉　まさかそんなことをお願いするためにわざわざ伊勢神宮に来たんですか⁉」

驚き呆れる愛結に、優佳理は苦笑して、

「正直、神様の奇跡でも起きない限り間に合いそうにないのよねー。いっそ〆切という概念が

滅びますようにって願ったほうがよかったかしら」

「もう……。そんな不真面目な人の願いなんて、神様も叶《かな》えてくれないですよ」

そう言って愛結はため息をついた。


参拝を済ませたあとは神楽殿《かぐらでん》でお守りを買い、愛結と優佳理は参集殿《さんしゅうでん》に入った。

参集殿とは要するに無料休憩所で、椅子《いす》に座って休めるほか、冷水やお茶も飲める。

「ふう……けっこう汗かいちゃいました」

椅子に座ってハンカチで汗を拭《ふ》きながら愛結が言うと、優佳理も「そうねえ」と頷いた。

内宮域内を全部回ったわけではなく、参道を普通に歩いただけなのだが、かなりの距離を歩いた気がする。しかし距離よりも問題は気温だ。今は七月中旬で、天気は快晴。当然とても暑い。

木陰《こかげ》が多いのが救いではあったが、それでもかなり汗をかいてしまった。

伊勢神宮に向かう前、優佳理が「愛結もきっと気に入ると思うわ」と言ったことを思い出す。

「たしかになんてゆうか、けっこう綺麗ってゆうか神秘的？　な感じでパワーがもらえたような気はしますけど、もうちょっと涼しいときに来たかったですね」

するると優佳理は苦笑を浮かべ、

「まあ、参詣《さんけい》するときは涼しいほうがいいとは思うわ」

「ですよね。ところでこのあとはどうするんですか？」

伊勢神宮を参拝したあとの予定を何も聞いてないので愛結が訊ねると、優佳理は悪戯《いたずら》っぽく笑って、

「何を言ってるの。ここからがお伊勢参りの本番じゃない」

「え？」

「さ、そろそろ行きましょうか」

水を飲み干し、優佳理が立ち上がって歩き出した。

「行くって……どこに？」

愛結も慌てて優佳理についていく。

参集殿を出て宇治橋を渡り、内宮の域内を出た優佳理は、来たときに降りたバス停とは別方向へと歩き出した。

するとほどなくして、土産物屋《みやげものや》や飲食店などが建ち並ぶ通りへと辿り着く。

「神社もいいけどやっぱりお伊勢参りといえばこっちね！」

内宮域内の粛然《しゅくぜん》とした雰囲気とはうって変わった、大勢の観光客でにぎわう光景を見つめながら、優佳理が楽しげに笑った。

「ここはおはらい町っていう、伊勢神宮の鳥居前町《とりいまえまち》ね」

「鳥居前町？」

「有名な神社には大勢の参詣者が来るでしょ？　その人たちを相手に商売する人たちが集まって作られた町を鳥居前町っていうの。特に伊勢神宮は江戸時代『一生に一度はお伊勢参りに行きたい』って言われてたくらい人気の神社だから、その鳥居前町もすごいのよ」

歩きながらつらつらと説明する優佳理。

それを聞きながら愛結は周囲を眺めて歩く。

通りの建物はどれも古めかしい木造建築で、道は綺麗に舗装された石畳。そんな光景の中に車が停まっていたり自販機があったりソフトクリームの置物が出ていたりするので、江戸時代あたりの日本にタイムスリップしたような気持ちになりそうでならない。

伊勢うどん、手こね寿司《ずし》、伊勢茶、釜飯、海鮮串焼き、牛串、ソフトクリーム、松阪牛コロッケ、うなぎひつまぶし……看板の文字を読んでいるだけでお腹《なか》がすいてきそうだ。いい匂《にお》いもあちこちから漂ってきて、つい吸い寄せられそうになる。

「あ、あの。優佳理さん」

「なに？」

「なにか食べませんか！」

我慢できなくなって愛結が言うと、優佳理は微笑み、

「もちろん食べるわ。でも最初に食べるものはもう決まってるの」

おはらい町の通りを五分ほど歩いたところで分かれ道があり、左に曲がる道の横に『これより おかげ横町』と書かれた高札が立っている。

そちらに進むと、和風の建物に混じってときどき洋風——といっても明治時代を思わせるようなレトロな感じ——の建物が見られるようになった。町の雰囲気も、なんちゃってタイムスリップからまあまあ本格的タイムスリップくらいに精度が上がった感じがする。

優佳理はそんな界隈《かいわい》にある店の一つに入り、愛結もそれに続く。

店の暖簾《のれん》には『団五郎茶屋《だんごろうちゃや》』と書かれている。

「赤福 氷《あかふくごおり》を二つください」

優佳理が店先でさっそく店員に注文を伝え、代金を支払った。

「赤福ってなんかあんこ餅《もち》みたいなやつですよね」

注文の品を待ちながら優佳理に訊ねる。

愛結は食べたことはないが、三重県に来てからいろんなところで『赤福』と書かれた看板を見かけ、ホテルの売店にも売っていた。餅を漉《こ》し餡《あん》で包んだお菓子で、伊勢の名物として有名らしい。

「そうよ。普通の赤福餅も美味しいから、帰るとき忘れずに買わないとね」

ほどなくして赤福氷とやらが完成し、二人は店員からそれを受け取る。

見た目は普通のかき氷。サイズはかなり大きめで、かかっているシロップ（？）は緑色だから抹茶味《まっちゃあじ》だろう。

暑いのでかき氷は嬉しいが、愛結としてはイチゴとかメロンがよかった。

かき氷を持って店の外の椅子に座り、優佳理が「それじゃ、いただきます」とさっそくスプーンですくって口に運ぶ。

愛結も続いて一口かき氷を口に運ぶ。ほんのり苦みのある濃厚な甘さと、繊細な舌触りの氷の冷たさが、火照《ほて》った身体にガツンと響く。さらに食べ進めると、スプーンの先に氷とは別の感触があった。どうやら餡子《あんこ》と餅のようだ。漉し餡と、スプーンで切れるくらい柔らかい餅を、氷と抹茶シロップと一緒に口へ運ぶ。

抹茶シロップ、餡子、餅の、それぞれ別の甘さと食感が氷の力で三位一体となって溶け合い、圧倒的濃厚な甘みとなって口の中で暴《あば》れる。

「めっちゃ甘くて美味しい……」

「でしょ？」

思わず声を漏らした愛結に、優佳理が笑みを向けた。

「これ、あたしが今まで食べたかき氷の中で一番美味しいです」

と言っても、愛結が食べたことのあるかき氷なんて、お祭りの屋台やスーパーのフードコートのかき氷くらいなのだが。

「私も。原宿《はらじゅく》とか台湾《たいわん》の有名なお店のやつも美味しかったんだけど、一番を選べって言われたらコレね」

　そっちはそっちで食べてみたいと思った。もちろん優佳理と一緒に。

「この赤福氷、夏季限定で、赤福の……ええと、赤福餅を作ってる株式会社赤福の直営店の、飲食可能な店舗でしか食べられないのよ」

「なるほど……。たしかにこれを食べるためなら、わざわざ夏に伊勢まで来る意味あると思います」

　愛結が食べながら頷く。

「でしょう?」と優佳理は微笑み、「まあ、夏季限定って言っても大体四月半ばから九月末くらいまで扱ってるし、名古屋駅直結のタカシマヤにも食べられるお店はあるんだけどね」

「え」

「でもでも、夏の暑い時期にこのレトロな町並みの中にある茶店で食べるのが一番いいの」

　食べながら力説する優佳理に、愛結は納得する。

　暑いからこそ冷たいかき氷が一際《ひときわ》美味しく思えるのはもちろんのこと、この場所で赤福氷を美味しそうに食べている優佳理の姿は、すごく絵になる。

　とりあえず食べ終わる前にスマホで優佳理の写真を撮ると、

「もう、食べてるところ撮らないでよ……」

　ちょうどスプーンを口に運んでいるところだった優佳理が、恥ずかしそうに言った。

「優佳理さんが可愛かったのでつい。浴衣《ゆかた》を着てたらもっと最高でした」

愛結がそう言うと、優佳理は目を丸くする。

「浴衣……！　いつもここには一人で来てたからその発想はなかったわ。じゃあこれを食べたら浴衣に着替えましょう。たしかおかげ横丁に浴衣をレンタルできるお店があったし」

「ええ!?　い、いいですよわざわざ……」

「私も愛結の浴衣姿を見たいのよ」

「そ、そうですか？　じゃあ着ましょう、一緒に浴衣」

真顔で言われ、愛結は照れながら頷き、かき氷を早く食べてしまおうとスプーン山盛りで食べる。

すると突如、鋭い頭痛が襲ってきた。

「う……!?」

「キーンってなった？」

訊ねてくる優佳理に、愛結は痛みに顔を歪《ゆが》めてコクコク頷く。

「アイスクリーム頭痛ね。気をつけなきゃ」

そう言って優佳理が微笑む。

「アイスクリーム？　かき氷じゃなくて？」

「アイスクリーム頭痛っていうのが医学的な正式名称なのよ。脳が冷たさを痛みと勘違いして起きる説と、急激に冷えた口の中を温めるために血流が増えて、そのときに頭の血管が膨張《ぼうちょう》して頭痛が起きる説があるわ。ちなみに酷《ひど》い場合は脳内出血を起こして死に至る危険性もあるから気をつけてね」

「え、し、死ぬ……⁉︎」

恐怖を覚え、赤福氷をまじまじと見つめる愛結。頭はまだズキズキする。もしかして脳内出血？

「どうしよう、まだ頭痛いです、このまま治《おさ》まらなかったら……」

「え、まだ⁉︎　大変、頭痛の時間が長すぎる……これはもう手遅れかもしれないわ……」

「そ、そんなあ……」

優佳理は恐怖に顔を引きつらせる愛結をしばらくシリアスな顔で見つめていたが、やがて「ぷっ」と噴き出した。

「ゆ、優佳理さん⁉︎」

「冗談よ。アイスクリーム頭痛での死亡例は確認されてないわ」

「よ、よかった……」

愛結は涙目で安堵《あんど》し、

「てゆうか、からかわないでください！」

抗議する愛結に優佳理は「ごめんごめん」と笑い、

「ちなみにキーンってなったときはおでこを冷やすといいらしいわ」

そう言って、優佳理は自分の赤福氷のお皿を愛結のおでこに当てたのだった。

を再開した。

赤福氷を食べ終えて浴衣をレンタルし、優佳理と愛結はおかげ横丁&おはらい町での食べ歩き
「そういえば、赤福氷って赤福の直営店でしか食べられないって言ってましたけど、さっきのお店って赤福ってゆう名前じゃなかったですよね」

大通りにある店に掲げられた『赤福』という大きな看板を見ながら愛結が言った。

「あのお茶屋さんを含め、おかげ横町にあるお店は全部赤福の子会社が運営してるのよ」

「そうだったんですか?」

「というか、おかげ横丁そのものが、赤福によって鳥居前町の中央に作られた、江戸時代から明治時代の日本をモチーフにしたテーマパークなの。おはらい町もそういうコンセプトで町の景観作りをしてるから、境界がわかりにくいけどね。入場料も必要ないし」

「なるほどー……たしかにおはらい町のほうはなんちゃってタイムスリップってゆう感じですけど、おかげ横丁はまあまあ本格的なタイムスリップってゆう感じですよね」

「ぷっ」

愛結のヘンテコだが言い得て妙な表現に、優佳理は思わず噴きだした。

松阪牛串、あわび串、さつま揚げ、伊勢肉コロッケ、横丁焼き、黒蜜ダンゴと、気になった食べ物を片《かた》っ端《ぱし》から食べ歩き、ビールやフレッシュジュースで喉《のど》を潤《うるお》す。

優佳理も愛結も食欲旺盛なほうだが、さすがにこれだけ食べるとお腹も限界に近い。そして食べ歩きをしてわかったのは、

「浴衣って食べ歩きに向いてないわね……」

「ですね……」

茶屋の椅子に座って休憩しながら、二人はしみじみ言った。

着慣れていないこともあって動きにくいし、下駄《げた》も歩きにくい。食べ物をこぼして汚れないように気を遣うし、なにより、お腹が膨れてくると帯で圧迫されてキツい。

「浴衣の写真もいっぱい撮ったし、そろそろ返却しましょうか」

「そうですね。浴衣返したあとはどうするんですか？」

愛結に問われ、

「まだまだ食べたいものがたくさんあるし、伊勢でもう一泊して明日もここに来るのはどうかしら？」

「いいですね！　伊勢うどんと手こね寿司ってゆうのも食べたいです」

愛結が笑顔で答える。……どうやら優佳理が仕事をサボって来ているということをすっかり忘れて楽しんでいるようだ。

「じゃあさっそく今夜の宿を探して――」

優佳理がスマホを取り出そうと巾着に手を入れたそのとき、誰かが優佳理の前まで歩いてきて、そして何故かこちらに足を向けて立ち止まった。靴からすると女性のようだ。

「…………」

猛烈に嫌な予感がして、優佳理が恐る恐る顔を上げると、担当編集の白川《しらかわ》京が無表情で優佳理を見下ろしていた。

「み、みやちゃん……」

愛結も顔を引きつらせている。

「な、なぜここが……?」

本気でわからない。

電波探知機――それもプロの探偵が使うようなガチなやつ――で調べたので、マンションや優佳理たちの私物に盗聴器や発信器の類《たぐい》が仕掛けられてないのは間違いないし、愛結のスマホにも不審なアプリは入っていなかった。

さらには今朝《けさ》ホテルを出る前に、愛結に頼んで彼女のSNSアカウントに、優佳理が何年か前に青森《あおもり》に旅行したときに撮影した「のっけ丼」の写真をアップしてもらったのだ。

優佳理が逃亡したことはバレるが、これで行き先は青森だと思い込む……はずだった。

ちなみにのっけ丼とは青森魚菜センターで食べることができる、自分で市場にある海鮮を自由に選んで作る海鮮丼である。同じようなサービスは他《ほか》の場所にもあるが、京ならば写真の端にチラっと写っている、具と交換するために必要な「のっけ丼食事券」の切れ端から、場所が青森魚菜センターだと特定するだろう。そして僅《わず》かな手がかりから場所を特定できたことで舞い上がった京は、まんまと三重県と逆方向へ向かう……はずだったのに。

わけがわからず戦《おのの》く優佳理に、京は淡々と、

「食事券のデザインが古かったのよ」

「なん、ですって……？」

「のっけ丼は最近ちょっと値上がりして、そのときに食事券の色とデザインも微妙に変わったの」

「な……！」

「だからあっちゃんのアカウントの写真が、あたしを撹乱するための罠《わな》だってことはすぐにわかったわ。策に溺《おぼ》れたわね、ヒカリ」

「くっ……で、でも、どうして本当の行き先が伊勢ということまで……⁉」

「須原朋香ちゃんに聞いたのよ」

「え？」

予想外の名前に優佳理が驚愕し、その横で愛結が「あっ……」と動揺の声を上げる。

「愛結、もしかして朋香ちゃんに私たちが伊勢に行くって話した？」

すると愛結は申し訳なさそうに「ご、ごめんなさい……」と謝った。しかしそれでも疑問は残る。

「そもそもどうして朋香ちゃんが行き先を知ってるなんて思ったんですか⁉」

「ちょっと前の朋香ちゃんのインスタに写ってた料理の置かれたテーブルの木目が、あんたの家のテーブルの木目と同じだったから、朋香ちゃんがあんたの家に行って、あっちゃんとも知り合いになったでしょう？」

「も、木目……」

愛結が従姉妹《いとこ》に若干《じゃっかん》引いた目を向けた。

「ていうか、どうして朋香ちゃんのインスタなんてチェックしてるんですか。アニメが終わってからみゃーさんとは交流ないですよね？　実はファンだったんですか？」

「え？　担当作家と少しでも交友関係がある人全員のＳＮＳを監視するのは基本中の基本でしょ？」

こともなげに言った京に、優佳理もちょっと引いた。

京はさらに話を続ける。

「で、朋香ちゃんがヒカリの家に行った二日後のインスタに『最近できた友達に海老《かいろう》ヒカリ先生の作品を布教中』って言葉とヒカリの小説の写真が載ってて、この友達っていうのはあっちゃんのことだと推測したわ。だからあんたが逃げたのを知ったあたしは、朋香ちゃんに直接じゃなくて、彼女のマネージャーに『今旅行に行ってる友達』について探りを入れてもらったってわけ」

京の話を聞き終え——パチパチパチパチパチと、優佳理はゆっくりと拍手をする。

「参りました。私の完敗です、みゃーさん」

「ふっ、それじゃ、おとなしく東京に帰って仕事をしなさい」

「はいはいわかりました」

「……やけに素直ね？」

訝しげに目を細める京に、優佳理はにやりと笑って、

「まあ、刑事ドラマみたいにドヤ顔で語るみゃーさんが面白かったので。意外と子供っぽいところもあるんですね」

「あ、あたしはドヤ顔なんてしてないし！」

慌てて叫ぶ京だったが、

「名刑事気取りのみやちゃん、ちょっと可愛かった」

「うう……」

愛結にまでからかわれ、京はますます顔を赤くした。

ともあれこうして今回の逃亡旅行はお開きとなり、優佳理と愛結は京とともに伊勢から東京へと戻ったのだった——。

〆切前には断食が捗る

伊勢《いせ》から東京《とうきょう》に強制送還されていつものように徹夜で原稿を書き上げ、二週間ほど経《た》ったある日のこと。

再び新しい〆切《しめきり》がやってきたのだが、なんと今回は珍しく、コツコツ真面目《まじめ》に原稿を書き進め、逃げることもなく、〆切当日に原稿を書き上げた。

その夜。

優佳理《ゆかり》は愛結《あゆ》と、原稿を問題なく回収できて上機嫌の京《みやこ》と一緒に食卓を囲んだ。

仕事が終わった打ち上げの意味もあるので、メニューも普段より豪華である。

「それにしてもほんとにあっちゃん料理上手ね……お世辞抜きでレストラン並じゃない？」

子羊のロティを食べながら京が言うと、

「それは言いすぎだよみやちゃん……」と愛結が照れる。

「全然言いすぎじゃないわ」

鯛のポワレをナイフで切り分けながら、優佳理は愛結の言葉を否定し、

「うちに来たときからかなりの腕前だったけど、最近ますます上達してレパートリーも増えたん

ですよ」

「それは、はい。前は基本的に家庭料理しか作れなかったから、最近はいろいろ新しい料理に挑戦してる」

「へー。挑戦する料理はどうやって決めてるの？」

ヤンソンさんの誘惑を食べながら京が訊《たず》ねると、

「優佳理さんが食べたいって言ったものを作る感じ」

貧乏人のパスタにフォークを突き立てながら優佳理は「ふふん」と自慢げに笑い、

「グルメ漫画とかグルメドラマを見て、『これ美味《おい》しそう。食べたい』って愛結に言うじゃないですか。すると翌日の食卓にその料理が並ぶわけですよ」

「ええ!? うそなにそれちょっと本気で超羨《ちょううらや》ましいんだけど！」

「ふふふ、グルメ作品好きにとって夢みたいな環境がここに。あと最近はお菓子も作ってくれるんですよ。マカロンとかドーナツとかアップルパイとか」

「うう……羨ましすぎるわ……あっちゃん、あたしと結婚してくれない？」

かなり本気な感じで京が愛結に懇願すると、愛結は「ええ!?」と顔を赤らめた。

「駄目ですよー。愛結はもう私の嫁なんですから」

そう言って優佳理は、京に見えないようテーブルの下で隣に座る愛結の手を握った。愛結もちらりと優佳理のほうを見て握りかえしてくる。

「大体、みゃーさん彼氏いるじゃないですか」

「……今あのシスコン野郎の話はしたくないわ。妹に反対されたから同棲《どうせい》中止ってどういうことよ……」

低い声でそう言って、一息にワインを飲み干す京。どうやら地雷を踏んでしまったらしい。

「ま、まあとにかく、愛結を渡すわけにはいきません。今回原稿が捗《はかど》ったのも、愛結が毎日ご馳走《ちそう》を作ってくれたからですし」

「うーん……そう言われるとあんたとあっちゃんを引き離すわけにはいかないわね……」

京の言葉に愛結もコクコク頷《うなず》き、

「う、うん。あたしも優佳理さんのためにもっと料理頑張る」

それを聞いた京は微苦笑を浮かべ、

「ほんとに仲良くなったわね、あんたたち。あっちゃんを優佳理に紹介したときは結構心配だったんだけど」

「えへへ……」

愛結がはにかみ、手をさらに強く握ってきた。

と、そこで京が不意に「にしても……」と目を細め、優佳理と愛結に交互に視線を向けた。

「うーん……もしかして二人ってさあ……」

どこか言いにくそうな京。

……まさか、付き合ってることに感付いた？

優佳理が内心警戒する。

しかし京の口から出てきたのは、まったく予想外の言葉だった。


「太ったんじゃない？」


「「え？」」

優佳理と愛結の声がハモった。

「……みゃーさん、いま何か言いましたか？　よく聞こえませんでした」

聞こえないフリをすると、

「二人ともちょっと肥《こ》えたんじゃない？」

「どうしてさらにイメージ悪い感じに言い直すんですか⁉」

優佳理の抗議を京はスルーし、

「あっちゃんが東京に来て三ヶ月くらいだっけ。東京に来たばっかりのときよりも明らかに身体《からだ》のラインがこう、ね……」

「だ、そうよ。愛結。気をつけてね」

「あっちゃんだけじゃないってば。ヒカリもだから」

「え、そんな、はずが、あるわけ……」

優佳理は繫《つな》いだ手を放し、愛結のほうを見る。愛結も冷や汗を浮かべながら、優佳理の足下から顔へと視線を動かす。

初めて愛結と会ったとき、小柄だけど胸が大きいな、と思ったのを憶えている。

けれど今の愛結からは、小柄という印象がやや薄れ、替わりに「丸い」という言葉が浮かんでしまう。

優佳理は恐る恐る自分のお腹《なか》に手を伸ばし、服の上からつまんでみた。愛結も同じように自分のお腹に触る。

「…………」

「…………」

「……愛結、最近体重って計ってる?」

「あんまり……。優佳理さんは?」

「私もあんまり……」

実は二人とも、薄々気づきながらも現実から目を背《そむ》けていたのかもしれない。

愛結が家に来る前の優佳理も、食べるときはかなり食べるタイプだったが、食事を作ったり食器を洗ったりするのが面倒で少量で済ませることも多く、ゲームにハマっているときなどは丸一日なにも食べないことすらあった。

　しかし愛結が来てからは毎日三食美味しい食事を食べ、ときには夜食も作ってもらい、旅行や外出のときはカロリーなど一切《いっさい》気にせず食べたいだけ食べ、最近では愛結お手製のお菓子も頻繁《ひんぱん》に食べている。

……運動もしてないし、こんな生活で太らないわけがない。

　愛結も顔を引きつらせ、

「たしかに最近、服がきついような気はしてた……。料理しながら味見もしてたし、失敗したお菓子とか自分で全部食べてたし……。そういえばあたし、東京に来てから全然運動してない……。あっちでは空手やってたし体育の授業もあったから……」

「……愛結、今から一緒に体重を計らない……？　一人だと数字を直視する勇気がないから、お互いの体重を確認し合うの」

「わかりました……」

　優佳理の提案に愛結は重々しく頷いた。

　一緒に洗面所に行って体重を計った愛結と優佳理は、想像以上にヤバかった結果に絶望し、よろよろと食卓へと戻ってきた。

「お帰り。どうだったの？」

京に問われ、優佳理がテーブルの上の料理を指差し、

「……みゃーさん、私の料理、残り全部食べてください」

「あたしのぶんもみやちゃんにあげる……」

「いや、三人分も食べられないわよ。……そんなにアレだったの？」

愛結と優佳理は重々しく頷く。

「ダイエットしなきゃ……」

「ですね……」

「ダイエットするのはいいと思うけど、無理しちゃ駄目よ。とりあえずフィットネス系のゲームでも買ってみたら？」

京の言葉に優佳理は首を振り、

「ゆっくり体重を落としてる暇なんてないんです。夏のうちにプールに行きたいし夏祭りも行きたいし次の逃亡旅行で美味しい物を思う存分食べるためには、短期間で痩《や》せないと」

「逃亡旅行はやめなさい」

半眼で言う京をスルーして、愛結は優佳理の言葉にコクコク頷き、

「痩せなきゃ……でも短期間で痩せるってどうしたら……」

「朋香《ともか》ちゃんなら何かいい方法を知ってるんじゃないかしら。アイドル声優だし体型を維持する

方法に詳しそう」

「たしかに！　さっそく訊《き》いてみます！」

愛結はスマホを手に取り、ＬＩＮＥで朋香にメッセージを送る。

『突然だけど、短期間で一気に痩せる方法知らない？』

するとすぐに返事が来た。

『無理なダイエットは身体に悪いでござる。地道に食事制限して運動するのが一番でござる』

『それは承知の上で知りたいでござる』

『前に急にグラビアの仕事が入って急いで身体絞らなきゃいけなくなったときに使った方法があるんだけど』

『教えて！』

『結構キツいからあんまりおすすめしないよ』

『大丈夫！』

『覚悟はあるようじゃな……よかろう。しばし待て』

それから十数秒後、ＵＲＬが送られてきた。

タップしてリンク先のページへ飛ぶ。

出てきたのは、

「……『断食《だんじき》道場　脂肪遊戯《ゆうぎ》』……」

「だ、断食……」

愛結と優佳理は、緊迫した面持《おもも》ちで見つめ合い、やがて同時に重々しく頷いた。

かくて優佳理と愛結はさっそく「断食道場」なるものに申し込み、二日後、その会場へと向かった。

断食ダイエット――「食わなければ痩せる」という極《きわ》めてシンプルな摂理に則《のっと》ったこのダイエット法に挑戦する者は多いが、断食など素人《しろうと》が闇雲《やみくも》に行《おこな》っては身体に悪影響が出るし、そもそも並の精神力ではキツくて耐えられず、逆にストレスから暴飲暴食に走ってしまうことさえある。

しかし、断食も効果的に行えば、疲れた胃腸を休ませ腸内環境を改善し、暴飲暴食などしないよう身体と精神を整えてくれるのだという。

そこで近年現れたのが、専門家の指導のもと、同じ目的を持つ仲間たちとともに合宿して断食ダイエットを行う施設、いわゆる「断食道場」である。毎日三食たらふく食べ、さらにおやつに夜食と、休みなく消化器官を酷使する毎日を送っている優佳理にとってはまさにうってつけと言えよう。

　優佳理たちが申し込んだ断食道場の場所は、電車を乗り継いで二時間半、さらにそこから送迎バスに乗って三十分ほどのところにある、山中の小さなホテル。かつては普通のホテルだったが経営が立ちゆかなくなり、新しいオーナーによって断食道場に生まれ変わったという。

　近くにホテル以外の建物はなく、市街地に行くにはバスを使うしかないため、「ちょっと小腹がすいたからコンビニへ」などということは不可能。

　午後十二時、ホテルに到着した二人はフロントで受け付けを済ませ、部屋に荷物を置く。

　部屋は広めの洋室で、ベッドは二つ。風呂《ふろ》とトイレもついている。冷蔵庫は見当たらない。

　窓からは生《お》い茂る木々や山中を流れる川も見えて、眺めはなかなか良い。

　その後、ロビーに行って他《ほか》の参加者たちと合宿の開始を待つ。

　参加者の人数は二十人くらいで、女性のみのコースのため全員女性。年齢層は二十代から四十代くらいだろう。この中では愛結が一番若いのは間違いない。

「……優佳理さん」

　愛結が小声で話しかけてきた。

「なに？」

「……あたし、すでにめっちゃお腹減ってるんですけど」

「私も……」

　朝食を食べてはいけないという指示だったので、今日は水しか飲んでないのだ。

ほどなく、三十代半ばくらいの、すらりとしたスタイルの女性が現れた。

「皆さんようこそいらっしゃいました。私が五日間皆さんのインストラクターを務めさせていただく関口《せきぐち》と申します。一緒に頑張って美しく健康な身体を手に入れましょう」

柔和な笑みを浮かべ、関口が合宿の具体的なプログラムを説明する。

合宿は今日を含めて五日間。いきなり完全に絶食するのではなく、一日目と二日目は食事を減らして断食に向けて身体を慣らし、三日目と四日目は本当に何も食べられない。断食後にいきなり普通の食事に戻ると身体への負担が大きいため、五日目の朝と昼に施設で用意した食事で身体の調子を整える。なお、水は自由に飲んでいい。

……申し込むときは五日間も断食なんて死んじゃうって思ったけど、実質二日なら大丈夫よね、水も飲めるし……へーきへーき…………ほんとに……？

既に空腹を感じているお腹にそっと触れながら不安を覚える優佳理。

起床は六時半、消灯は二十二時半。消灯時間は守らなくても特に罰則はないが、体調管理のために絶対に寝たほうがいいらしい。

朝に参加者全員で体操をする以外は特に決まった活動はなく、基本的に自由行動。自由参加のヨガ教室やダンス教室、管理栄養士による講義なども開かれている。

漫画や小説を豊富に揃《そろ》えた図書室に、卓球場、テニスコート、スポーツジム、サウナ付き大浴場も自由に利用可能。荷物の持ち込みも食べ物以外は自由で、館内にＷｉ－Ｆｉも飛んでいるのでネットやゲームもできる。

部屋もいい感じだったし、とても快適に過ごせそうな場所である……自由に食べ物が食べられないという致命的な一点を除けば。

「それでは昼食にしましょう」

説明を終えた関口に案内され、一同は食堂に入る。

テーブルには既に料理が用意されていた。

茶碗小盛りの雑穀米に、具のほとんど入っていない味噌汁《みそしる》、一口で食べられるほど少量のひじきの煮物にごぼうとにんじんのサラダ、キュウリとナスの浅漬け。そしてなんか身体にいい酵母《こうぼ》が含まれているという、人工甘味料で味付けされたジュース。

まさにザ・粗食という感じで、豪勢な料理に慣れている優佳理には物足りないどころではない。

「よく嚙《か》んでゆっくり食べてくださいね」

関口が言って、優佳理はとりあえず食事に箸《はし》をつける。

基本的にどれも味が薄いのだが、空腹のためかそれほど不味《まず》いとは感じなかった。関口の指示どおり口の中でよく嚙んで食べると、素材本来の旨味《うまみ》も感じられる。酵母ジュースも不味くはない。

「……意外と美味しいですね」

隣で愛結が言った。

「そうね。これなら意外と耐えられるかも」

優佳理はそう言って笑った。

しかしそれが勘違いだと気づくのに、それほど時間はかからなかった。

昼食を食べた直後はそれなりに満足感があったのだが、やはり絶対的な量の少なさは誤魔化《ごまか》しようもなく、食べて三時間もしないうちにまたお腹がすいてきた。

夕食の時間は十九時。

とりあえず水を飲んで空腹を紛《まぎ》らわし、どうにか十九時まで耐えて食堂へ向かう。

食堂には優佳理たちのグループ以外の断食道場参加者も集まっており、人数は全部で百人程度、少ないが男性の姿も見かける。

指定された席につくと、そこに用意されていたのは、昼食時よりさらに量が減った玄米、具がまったく入っていない味噌汁。あとは昼食と同じ。

「これはひどい……」

間違いなく人生でもっとも寂《さび》しい食卓に軽い絶望感を覚える優佳理に、

「お姉さんたち、断食道場は初めて?」

同じテーブルに就いた三人組の女性の一人が話しかけてきた。歳《とし》は三人とも四十代半ばくらいで、ふっくらした体型をしている。

「あ、はい。初めてです」

優佳理が頷くと、

「最初はしんどいと思うけど、慣れれば平気になるよ」

「そうそう。あたしらなんてもう二十回くらい来てるから」

……それはつまり、二十回リバウンドしているということでは？

この合宿本当に大丈夫かしらと不安を覚えつつ、

「すごい。常連さんなんですね」と愛想笑《あいそ》いをする。

「みんなで三ヶ月に一回くらい来てるのよ」

「ちょっとお腹出てきたかなって思ったらここに来てリセットするの」

「な、なるほど……」

正気ですか？　という言葉を優佳理はどうにか飲み込んだ。

「あたしらはママ友なんだけど、お姉さんたちはどういうご関係？」

その問いに、隣の愛結がびくっと震えた。

「バイト友達です。私は大学生で、この子は高校生なんですけど」

優佳理は即座に誤魔化した。

それからもママ友グループからあれこれ話しかけられるのを適当に応対しつつ、優佳理は昼食時よりもさらによく嚙んで、三十分ほどかけて夕食を平らげたのだった。

夕食を終えたあと、愛結はせっかくなので管理栄養士による講義を受けた。優佳理は興味がないとのことで、一人で部屋に戻っている。

講義は中学校の家庭科の授業で習ったような内容だったが、当時はあまり真剣に聴いていなかったので良い復習になった。

四十五分の講義が終わって部屋に戻ると、優佳理がノートパソコンに向かっていた。

「もしかして仕事してたんですか？」

「仕事をしようとしていたわ」

どうやら原稿は進まなかったらしい。

「愛結のほうはどうだったの？」

「けっこうためになりました。あと、ちょっと懐《なつ》かしかったです」

「懐かしかった？」

「はい。ああゆうふうに座って先生の話を聴くの、すごい久しぶりなので」

学校に通い、毎日何時間もあんなふうに授業を受けていたのが、とても昔のことのように思える。

同性愛者であることをバラされたのが原因で田舎《いなか》を飛び出すことになったわけだが……少なくともそうなる前の、学校で授業を受け放課後に友達と遊ぶ日々自体は嫌いじゃなかったな、と思う。

今、あっちはどうなっているだろうか。もう自分のことなんて忘れてしまっただろうか。それとも、後悔や反省をしてくれているだろうか。

「……そういえば私、愛結がうちに来る前のこと、詳しく聞いたことなかったわね」

優佳理が言った。

「たしかに優佳理さん、あたしのこと全然訊いてこなかったですよね。いきなり見ず知らずの人間が家に来たってゆうのに。あたしに気を遣ってくれてたんですか？」

すると優佳理は首を振り、

「みゃーさんの従姉妹《いとこ》っていう最低限のプロフィールさえ知ってればいいかなって。単純に、あのときは愛結にそれほど興味がなかったのよ」

「じゃあ、今はどうですか？」

優佳理の目をじっと見つめて訊ねると、

「……知りたいわ。愛結がどんな人生を送ってきたのか」

「じゃあ、話します」

「いいの？」

気遣うような表情の優佳理に、愛結は頷き、

「べつにそんな大した話じゃないので」

そう言って愛結は優佳理に、自分のことを話した。

出身地に家族構成、家庭環境。

自分が同性愛者だと自覚してからの日々のこと。

クラスメートに気味悪がられ、両親からも理解されず、田舎を飛び出したこと――。

すべてを話し終えるまで、十分とかからなかった。

自分の送ってきた人生が、こんな短時間で要約できてしまったことが少しショックだった。

田舎で過ごした十七年間よりも、優佳理と出逢ってからの三ヶ月のほうが濃密に思える。

「なんか、ほんとにあんまり面白《おもしろ》くない話ですいません」

「身の上話なんてそういうものでしょ」

優佳理は面白くなかったことを否定せず、

「でも、教室で暴《あば》れてから家出するまでの展開の早さは愛結らしいって思ったわ。アグレッシブっていうかエキセントリックっていうか、さすがみゃーさんの従姉妹って感じ」

「うう……」

あのときは自暴自棄になっていたとはいえ、さすがに無鉄砲すぎたと恥ずかしくなる。

「でも、そのおかげで私は愛結と出逢えたのよね」

柔らかく微笑《ほほえ》む優佳理。

「東京に来てくれてありがとう、愛結」

その言葉に、愛結は胸の奥がかあっと熱くなった。

「優佳理さん……！」

目から涙が溢《あふ》れ、堪《こら》えきれず優佳理に抱きつく。

そんな愛結を、優佳理は優しく抱きしめ返してくれた――。


翌朝、六時半。

館内放送で目を覚ました優佳理と愛結は、歩くことさえ億劫《おっくう》になるほどの空腹を堪えながらホテルの多目的ホールへ向かった。合宿中は毎朝、合宿参加者みんなで集まって朝食前にここで体操をする。

体操は懐かしのラジオ体操だが、空腹に睡眠不足も重なってかなりつらい。昨夜は早く寝て体力を温存するつもりだったのだが、結局愛結と深夜までイチャイチャしてしまったのだ。

どうにか体操を終え、他の参加者たちと一緒に食堂へと向かう。

指定の席につき、用意された朝食を見る。

これほどお腹が空《す》いていれば、たとえどんな食事が出てきても美味しく食べられるはずだ。

そう思っていたのが……。

「もうやだおうち帰りたい……」

優佳理の口から思わず弱々しい声が漏《も》れる。

朝食のメニューは、重湯《おもゆ》――病院食や離乳食として用いられる、お粥《かゆ》の上澄み液。

具なし味噌汁と酵母ジュース。

以上。

……ひどすぎる……。

重病人でも赤ちゃんでもないのにこんなものを食べさせられる意味がわからない。

ほのかに塩味がするだけの重湯を、舌の上で大事に大事に何度も転がし、飲み込む。

味噌汁も昨日より味が薄い。

「おいしくない……つらい……」

「言わないでください。あたしまで泣きたくなっちゃう……」

愛結が言った。

「私、この戦いが終わって家に帰ったら恋人が作った料理を思いっきり食べるの……」

「死亡フラグとかゆうやつですよね、それ……」

「……愛結は帰ったら何が食べたい？」

「えっと……ローストビーフ、ラーメン、もんじゃ焼き……ニジマス……かき氷……エビ……」

海老なら昨日も散々食べたでしょ、という軽口が浮かんだがやめた。

今はただ、無事にダイエットを成功させ、また美味しいものを存分に食べられる日々を夢見て

耐え抜くしかない。


昼食も重湯と具なし味噌汁と酵母ジュース。

夕食からはついに味噌汁すら消え、重湯と酵母ジュースのみだった。

愛結は昨日と同じように夕食後に管理栄養士による講義を受け、部屋に戻る。

部屋では優佳理がベッドに寝転んで携帯ゲーム機で遊んでいた。

「お勉強お疲れ様ー」

ゲームをやめて優佳理が身体を起こし、

「明日からいよいよ完全に絶食ね……」

「そうですね」

「私、今はあんまりお腹すいてないんだけど愛結はどう?」

「あたしもです」

愛結は頷く。強がりとかではなく、本当に今日の昼食を食べたあたりから、あまり空腹を感じなくなった。

「……なんか不思議な感じ。夕食を見たときはこんなのじゃお腹の足しにもならないと思ったのに」

　そう言う優佳理に、

「空腹を感じるのって、血糖値が下がったときにエネルギーの補給が必要だって身体が脳に信号を送るからなんですよ」

「へー、そうなんだ」

「だから血糖値を上げないような食事を続けることで、血糖値を低い状態で安定させると、信号が送られなくて空腹を感じなくなるらしいです」

「詳しいわね、愛結」

「さっきの講義で教えてもらったんです」

　すると優佳理はクスッと笑い、

「まあ、私も空腹のメカニズムと断食ダイエットの理屈はここに来る前に調べて知ってたんだけどね」

「ええ!?　だったらなんで感心した顔してたんですか！」

「ドヤ顔で知識を披露してる愛結が可愛《かわい》かったから」

　悪戯《いたずら》っぽく笑う優佳理に愛結は顔を赤らめた。

「もう。……それより、お腹すいてないなら仕事したらどうですか」

「お腹がすいてないのと仕事する気力は別問題よ。しかも私、前回の〆切は美味しいご飯をモチベーションにして乗り越えたからね。そこからいきなりこんな地獄の食生活に堕《お》とされて、仕事なんてできるわけないじゃない」

「うーん……」

そう言われると仕方ないような気はする。

愛結は働いたことがない――優佳理のために家事をしたり料理を作ることを仕事だとはどうしても思えない――のではっきりとは言えないが、仕事をするためには気力も大事だと思う。

「じゃあ、この合宿中は仕方ないですけど……家に帰ったらちゃんと仕事してくださいね。あたしも頑張ってご飯作るので」

「はーい」

優佳理はどこか信用できない返事をした。


三日目、朝のラジオ体操が終わったあと、その場で酵素ジュースを飲み、昼も酵素ジュース、夕方も酵素ジュースのみ。

人工甘味料で味付けしてあるので甘いがカロリーはゼロ。

何も食べず、摂取カロリーゼロで一日過ごしたのは愛結にとって初めてのことだった。

しかし空腹で死にそうだった昨日よりも、気力はむしろ充実していた。

午前は愛結一人でヨガ教室に参加し、午後は優佳理と部屋で映画を観《み》て過ごした。

夜に朋香から調子はどうかというメッセージが来て『わりと平気』と返すと、『まじで⁉』と驚かれた。

『私なんて二日目くらいから空腹と孤独で死にそうだったのに』

『こっちは優佳理さんが一緒だから』

『あー、それかー……。私のときは周りに知らないおばさんしかいなかったからなー』

たしかに、自分一人で参加していたら心が折れていたと思う。

『次に私が断食道場に行くときは愛結も付き合ってくれない？』

『やだ』

『（´・ω・`）』

四日目も三日目とほぼ同じ。

酵素ジュースと水だけを飲み、午前は一日目に話しかけてきたおばさんたちに誘われて山の中を散歩し、午後は家から持ってきた優佳理の小説を読んだ。空腹感はなく、一日中スッキリした気分で、心なしか身体も軽くなった気がした。

そして五日目――合宿最終日。

丸二日の断食を終え、朝の体操のあと食堂に入る。

用意されていた朝食は重湯、具なし味噌汁、きゅうりの漬物、酵母ジュース。

食事と呼ぶには寂しすぎるメニューだったが、愛結は見た途端に唾液《だえき》が出てくるのを抑えられなかった。

「い、いただきます」

重湯をそっとスプーンですくい、口に運ぶ。

「え……」

濃厚な塩気に驚き、愛結は思わず声を漏らした。

優佳理も驚いた顔で、

「重湯なのにこんな味を濃くして大丈夫なのかしら」

「それ、二日目に出たのとまったく同じ重湯よ」

同じテーブルのおばさんが言った。

「今は舌がすごい敏感になってるのよ」

「ほんとですか……?」

愛結は次に味噌汁に手を伸ばす。見るからに色が薄く、味噌の量がこっそり増えているなんてことはないだろう。

味噌汁を一口すすり――

「すごい美味しい……」

一日目と二日目に飲んだときとはまるで別物のように、味噌の旨味をしっかりと感じる。

「断食が終わったあとのご飯はほんとに美味しいのよ。あたしらこれが楽しみで参加してるみたいなとこある」

「そうそう。今じゃ行きつけのレストランのコース料理よりもこっちのほうが美味しいと思ってるくらい」

数日前なら正気を疑うようなおばさんたちの発言に、優佳理も「なんだかわかる気がします」と頷いていた。

朝食後は大浴場や卓球場で時間を潰《つぶ》し、昼食にお粥と具の入った味噌汁、冷《ひ》や奴《やっこ》とレタスサラダを食べる。

この昼食が、合宿での最後の食事となり、食べたあとは帰るだけだ。

合宿に来る前だったら決して満足できなかったであろう食事を、よく噛んで時間をかけて味わう。豆腐やレタスをこんなに美味しいと思ったのは生まれて初めてだった。

四泊五日の合宿を終え、優佳理と愛結は家に帰ってきた。

さっそく脱衣所で体重を計り、見事ダイエットに成功したことを二人で喜び合う。

「夕食と翌日の食事も胃に負担がかからないように注意すべし」という、インストラクターの指示に従い、夕食は愛結が合宿の講義で学んだ糖質控えめなメニュー。

愛結が来てからこの家で食べたなかで、もっとも質素な食事だったが、優佳理も愛結も満足だった。

それからも贅沢《ぜいたく》に溺《おぼ》れることなく、毎朝ラジオ体操をして粗食で過ごすこと三日。

夕方、近所で用事があったという京が優佳理のマンションに立ち寄った。

京は並んで立つ優佳理と愛結をじっと見て、

「ふーん、二人ともなんかシュッとしたわね」

「はい。断食ダイエット成功です」

「ほんとに効果あるんだ……。あたしも太ったら行こうかしら」

「みやちゃん、夕飯一緒に食べてく?」

「いいの? じゃあいただくわ」

愛結の問いに、京は嬉《うれ》しそうに頷いた。

そして用意された食事に口をつけた京は、微妙に顔をしかめ、少し言いにくそうに、

「あっちゃん、これ、味ちょっと薄くない……?」

「そうですか?」『そうかな?」

優佳理と愛結も同じ料理に口をつける。調味料をほとんど使わずに素材本来の味を存分に生か

した、まったく不満のない味だ。

「これくらいがちょうどいいんですよ、みゃーさん。よく噛めば野菜の旨味が感じられるはずです」

「や、野菜の旨味……ヒカリの口からそんな言葉が……？」

なぜか顔を引きつらせる京。その後も京は食事中、終始微妙な顔をしていた。

翌日も、その翌日も粗食の日々は続き――合宿を終えて一週間後。

なんと二回連続でちゃんと〆切を守った優佳理は、愛結とデートに出かけた。

原宿《はらじゅく》で服や雑貨を見て回り、昼食時。

よさそうだなと思ったヘルシー系の店がことごとく混雑していたので、仕方なくすぐに食べられるハンバーガーショップに入店する。

「ふふ、ハンバーガーなんて全然食べたくないんだけど、たまにはいいかもしれないわね」

「ですねー。あたしも全然お肉なんて気分じゃないんですけど、たまには」

商品を受け取ってにこやかに喋《しゃべ》りながら店内の席に座り、包装を開け、がぶり――と二人同時にかぶりつく。

「……んッ！」『……ん⁉』

久しぶりに味わう、カロリーや糖質など微塵《みじん》も考慮されていない、スパイスをたっぷりきかせたジャンクな味のハンバーガー。薄味に慣れきった二人の舌にとって、それはまさに味の暴力であった。ヘルシー志向など甘っちょろい戯言《ざれごと》であり、脂《あぶら》こそ圧倒的正義、糖質こそ絶対的強者、調味料万歳、美味いものは身体に悪いのだと全力でわからせにくる。

グルメ漫画だったら確実に服が破れて全裸になっているような勢いで、二人はハンバーガーを貪《むさぼ》った。

「ハンバーガーなんて食べたくないとかイキったこと言ってすいませんでしたぁ……」

「お肉……美味ひい……味の濃いソース最高……」

食べ終え、恍惚《こうこつ》の表情を浮かべる二人。

それ以降、食卓は再び贅沢路線に戻ったのだが、また断食するのは嫌だったので一日の摂取カロリーは気にするようになり、朝のラジオ体操の習慣も残った——。

〆切前にはアイドル声優のライブが捗る

八月十一日に先生の家の近くで私のライブがあるのですが、もしご都合宜《よろ》しければ愛結《あゆ》さんと一緒にお越しくださいませんか？


八月初旬のある日、須原朋香《すはらともか》から優佳理《ゆかり》のスマホにそんなメッセージが届いた。

「ねえ愛結。朋香ちゃんからライブのお誘いが来たんだけど行く？」

愛結に訊《たず》ねると、

「え、ライブ？　行きたいです！」

愛結は目を輝かせて即答した。

「愛結、地元ではライブとかよく行ってたの？」

「一度も行ったことないです。動画はよく見てるんですけど」

「へー。愛結はどんな音楽が好きなの？」

すると愛結は少し躊躇《ためら》いがちに、

「えっと……激しいやつが好きです。聴いててストレス解消になるような……」

「ロックとか?」

「えっと……もっと激しい感じの……デス系ってゆうか、MVで血とかドバァーって出るようなのが……」

「なるほど……」

家庭的で生真面目《きまじめ》な愛結の性格からすると意外に思えるが、髪は金髪に赤メッシュだし服装もパンク系なので外見的にはイメージどおりの趣味かもしれない。

「朋香ちゃんの曲、基本的にアイドルっぽい可愛《かわい》い系なんだけど大丈夫?」

「あ、最近は朋香さんの歌とかアニソンも聴くようになったので大丈夫です」

「そうなんだ」

「優佳理さんはライブとか行くんですか?」

「朋香ちゃんのライブは一回観に行ったたわ。ツアーでさるぼぼちゃんを預かってたときの東京《とうきょう》公演。アニソン系のライブはそれくらいかしら。クラシックのコンサートなら家族とよく行ってたし、ゲーム音楽のオーケストラコンサートは何度か行ったわね。あとオペラとかミュージカルも好きね」

「なんてゆうか、お金持ちっぽい感じですね……」

気後《きおく》れしている様子の愛結に、優佳理は微笑《ほほえ》み、

「実際に行ってみると、どれもそこまで敷居は高くないわよ。大抵一見さんでも楽しめるような

工夫がされてるし、ナマの演奏やお芝居の迫力だけでも結構満足できると思うわ」

「そういうものなんですか？」

「ええ。一緒にいろいろ観に行きましょう」

「はい。デス系のライブとかも一緒に行きたいです」

「うーん、血がドバァーって出るのはちょっと苦手かも……」

優佳理は少し顔を引きつらせ、

「ともあれ、まずは朋香ちゃんのライブね」

そう言って朋香に「行くー」と返信。


ありがとうございます！　では席を用意させていただきますね。セットリストにPride of the Underdogも入っているので精一杯歌います！

Pride of the Underdogとはアニメ『最強主人公のかませ犬系イケメンに転生してしまった』のオープニングテーマで、朋香が自分で作詞をしている。単体で聴いても普遍性の高い応援歌でありながら、「かませ犬の矜持《きょうじ》」というタイトルのとおり原作の深い部分にまで踏み込んだ内容の歌詞になっており、優佳理もすごく気に入っている。
前に招待されたライブでも歌われ、結構感動したのを憶えているので、またナマで聴けるのは嬉《うれ》しい。ライブへの期待が大いに高まる優佳理だった。


八月十一日、須原朋香のライブ当日。

愛結と優佳理は会場へと向かった。

会場は優佳理のマンションから徒歩で十分程度の近距離にある、多目的アリーナ。音楽系のイベントよりもスポーツの大会で使用されることが多く、屋内《おくない》プールやジムも併設されており、そちらは優佳理も何度か利用したことがあるが、アリーナに入るのは初めてだ。

入場開始時間の十五分前くらいに到着すると、長蛇の列が建物の敷地を飛び出し歩道まで延びていた。

「すごい人……何人くらいいるんだろ……」

「アリーナのキャパが一万人だから、一万人近いんじゃないかしら。朋香ちゃんのライブなら普通に満席でしょうし」

優佳理の答えに、愛結は思わず唖然《あぜん》としてしまう。

「いちまんにん……」

そんな大勢の人の前で歌うなんて、自分ならプレッシャーで死んでしまいそうだ。

行列を横目に、優佳理はアリーナの入り口方向へ向かって歩いて行く。愛結も優佳理の後をついていきながら、

「並ばないんですか？」

「私たちは関係者受付から入るから」

「関係者受付？」

首を傾《かし》げながらそのまま優佳理についていくと、行列の始点である正面入場口から少し離れたところに扉があり、近くには『関係者入り口』と書かれたプラカードを持ったスタッフが立っている。

自動ドアをくぐると受付があり、十人くらいの人が二列で並んでいる。

二人も列の一番後ろに並ぶと、すぐに順番が来た。

「海老《かいろう》ヒカリと白川《しらかわ》愛結です」

優佳理が受付スタッフにチケットを見せてそう言うと、スタッフが名簿のようなものを確認し、

「ええと……海老様と白川様ですね。……はい、大丈夫です」とチェックマークを付け、

「こちらをどうぞ」

そう言って『ＧＵＥＳＴ』と書かれた布製のシールを二枚、優佳理に渡した。

受付はそれで完了のようで、優佳理は受付の奥へと進んでいく。

「はいこれ。見えるところに貼《は》ってね」

愛結にチケットとシールを一枚ずつ渡し、優佳理がシールを自分の肩に貼り付けた。

愛結も真似《まね》して肩にシールを貼る。

通路を奥へと進み、一階への階段を上がり、客席へと出て、チケットに書かれた自分の席を探す。

愛結たちの席は一階スタンド席の北側、ステージから向かって左側の真ん中あたりだった。とても広い会場なのでステージとの距離は結構あるが、見通しは良い。

「関係者席は久しぶりだけど、やっぱり並ばないで入れるのはいいわね」

優佳理が言った。愛結は周囲の人――スーツ姿の人とかモデルみたいな美人とか、外で行列を作っていた朋香のファンとは雰囲気が明らかに違う人が多い――を見回す。

「このへんの人たちってみんな朋香さんに招待されて来たんですか？」

「本人が直接招待した人もいれば、声優事務所やレコード会社の関係者とかもいるでしょうね。あそこにいるのは多分声優さんね。雑誌か何かで見た憶えがあるわ」

「へー……」

そんな人たちに混じって、自分みたいな一般人がいてもいいのだろうかと思ってしまう。

愛結たちが自分の席に座ったあたりで入場開始時間となり、一般のお客さんもわらわらと会場に入ってくる。

広い会場がどんどん人で埋まっていく光景に、愛結は圧倒されそうになる。

「なんかあたし、緊張してきました……」

「わかる。べつに自分が歌うわけじゃないのに、ステージが始まる前って不思議な緊張感があるのよね」

笑われるかと思いきや同意され、愛結は少し嬉しくなった。

ソワソワしながら待っていると、ついに開演の時間がやってきた。

アナウンスでスマホや危険行為などについて注意事項が流れたあと、照明が消されて場内が闇《やみ》に包まれ——音楽とともにステージが派手な光に照らされる。

その中央でスポットライトを浴びて立っていたのは、須原朋香だった。

朋香の姿が見えた瞬間、会場全体から熱狂的な歓声が上がる。

朋香は満面の笑顔でそれを受け止め、手にしたマイクを大きく振り上げたあと、高らかに歌い始めた。

その堂々とした姿はまさにスターと呼ぶに相応《ふさわ》しく、とても普段ＬＩＮＥでデュフフフフォカヌポウとか言ってる人と同一人物とは思えなかった——。

歌い、踊り、叫び、煽《あお》り、喋《しゃべ》り、何度も衣装を替え、汗だくになりながらもずっと笑顔で二時間にわたって圧巻のパフォーマンスを繰り広げたあと、朋香はステージ上から退場した。

朋香の姿が見えなくなり、照明が暗くなったあとも、会場ではずっと拍手が鳴り響いている。

優佳理の隣に座る愛結も、キラキラした目で拍手を続けていた。

優佳理も軽く手を叩《たた》きながら、

「いいステージだったわね」

「凄《すご》かったです……！」

愛結が頷《うなず》き、「でも」と続ける。

「他《ほか》の人と一緒にサイリウム振ったり叫んだりできなかったのが残念でした」

「まあ、そこは関係者席の欠点ね」

別にサイリウムを振ったり歓声を上げたりして盛り上がるのが禁止されているわけではないが、関係者席の人間は基本的に座ったまま静かに鑑賞する。そんな中で一人だけはしゃぐというのはかなりハードルが高いのだ。

「ところでいつまで拍手を続ければいいんでしょう？」と愛結。

「基本的にはアンコールが始まるまでずっとよ」

「え、まだ終わりじゃないんですか⁉」

愛結が声を弾《はず》ませた。

「終わりだったら終わりってはっきり伝えるアナウンスがあるの。アンコールのあとでさらにアンコールがある場合もあるわね。セットリストも予《あらかじ》め決められてるから、実質的には二部構成とか三部構成ということね」

「へー、そうゆうものなんですか」

愛結とそんなことを話しながら十分ほど拍手を続けていると、場内がだんだん明るくなってきた。

ほどなく、ステージ上手《かみて》から中央へと朋香が走ってくる。格好はこれまでのようなステージ映えする派手な衣装ではなく、シンプルな半袖《はんそで》のシャツにショートパンツだ。

『みんなー！　まだまだ盛り上がれるかなー⁉』

歓声を浴びながら朋香が叫ぶと、会場中からさらに大きな歓声が上がる。

続けて、バックバンドが演奏を開始した。

曲はPride of the Underdog――朋香から前もってセトリに入っていると伝えられていたので、いつ演るのだろうと気になっていたのだが、第二部の一曲目という要所とは思わなかった。

「この曲って、たしか優佳理さんのアニメのやつですよね」

愛結が優佳理に顔を近づけて言った。

「知ってたの？」

「あ、はい」

久々にナマで聴くPride of the Underdogはやはり素晴らしく、アニメ放送時の記憶が甦《よみがえ》ってくる。内容的にはそれほど満足していないアニメではあったが、毎週自分の作品がＳＮＳなどで話題になっているのは嬉しくもあり気恥ずかしくもあった。

以前のライブで聴いたときよりも朋香の歌唱力がさらに上がっており、問答無用で心と身体《からだ》を揺さぶってくる。

この曲に相応しい作品になるように、原作の続きを頑張って書こうという気持ちさえ湧《わ》いてきた。……家に帰りライブの高揚感が冷めたら忘れるかもしれないが。

曲が終わり、会場中に拍手や歓声が溢《あふ》れる。

愛結も頰《ほお》を紅潮させ、すごい勢いで拍手をしている。そんな愛結の姿に微笑みをこぼし、優佳理も心からの拍手を送る。

ステージの上で朋香が深々とお辞儀をすると、拍手と歓声が徐々に落ち着いてきた。

そこで朋香は顔を上げ、

『というわけで、アンコールの一曲目は『Pride of the Underdog』でした。この曲は私が大好きな小説のアニメ版の主題歌で、自分で作詞をさせていただいた曲ということもあって、すごく思い入れがあります。みんなどうだった？』

朋香がステージにマイクを向けると、客席のあちこちから「最高！」とか「よかったー！」と声が飛ぶ。優佳理も小さく「最高」と呟《つぶや》いた。

『ありがとう！』

朋香が笑顔で言って、

『次の曲に行く前に、みんなに一つお話したいことがあります』

「なにー？」という声が客席から上がる。

朋香が、まるで覚悟を決めるかのようにすっと息を呑《の》む音が響いた。

それから穏やかなトーンで、

『私は女の子が好きです』

笑い声が起き、「知ってるー」と茶化《ちゃか》すような声が飛ぶ。

そこで朋香はフッと笑って、

『私は、女性だけど女性のことが恋愛的な意味で好きな、いわゆるレズビアンです』

今度は笑い声も茶化すような声も起きなかった。

突然のカミングアウトに優佳理は驚愕《きょうがく》し、ふと愛結を見た。

愛結もまた驚きの表情を浮かべていたが、その表情はどこか優佳理や他の聴衆のものとは違う気がした。

朋香は重たくなった会場の空気を打ち破るように、明るい声音《こわね》で続ける。

『まあ、私の家族や周りのスタッフさんは前から知ってることで、べつに私はそれで嫌な思いをしたこととかなくて、むしろ仕事で可愛い女の子たちと堂々とイチャつけたりするので得したとさえ思ってるんですけど。世の中にはまあ、多分ここに集まってくれたみんなの中にも、そのことでイジメや差別に遭ったり、誰《だれ》にも打ち明けられなくて苦しんでる人たちもいるわけです。そういう人たちが、こんなふうに元気に楽しく歌ってるお仲間もいるよってことで、ちょっとでも生きやすくなったり、悩みが軽くなったりしたらいいなと思って、突然ですがこの場で告白させてもらいました。……聞いてくれてありがとう』

朋香がゆっくりとお辞儀をすると、会場から拍手が送られる。

優佳理は愛結に目を向ける。

愛結は朋香を真っ直《ます》ぐに見つめながら、大粒の涙を流していた。

優佳理の胸がずきりと痛む。

優佳理には、彼女の涙の理由を本当の意味で理解することはできない。

キスをしたり身体を重ねて快楽を共有することはできても、本質的な意味で愛結と同じ気持ちを共有することはできない。

そのことが、ひどく切なかった。

拍手が落ち着くと朋香が顔を上げ、バックバンドに合図する。

『それじゃ、次の曲いこっか――――ッ!!』

アンコール二曲目は、しんみりした空気を吹き飛ばすような疾走感のあるナンバー。

大歓声とともに会場の雰囲気は一気にＭＣ前に戻った。

しかし愛結だけは、まるで魂を奪われたように涙を流したまま朋香を見つめ続けていた。

それから立て続けに三曲歌い、朋香がステージから退場する。

いつの間にか泣き止んでいた愛結が、激しい拍手を始める。

優佳理もしばらく拍手を続けていると、再び朋香がステージへと戻ってきた。衣装は百合《ゆり》の花を模した白いドレスで、ウェディングドレスのようにも見える。

二度目のアンコールが終わり、朋香が感謝の言葉を述べて手を振りながらステージから去る。ステージの照明が消えたあと、客席の明かりがつき、本日の演目がすべて終了したことを告げるアナウンスが流れる。

「それじゃ、帰りましょうか」

放心したように座っている愛結に声をかける。

アーティスト本人から招待された場合、ライブ終了後はすぐに帰るのではなく楽屋に行って挨拶《あいさつ》するのが通例なのだが、優佳理は帰ることにした。

なんとなく、今の愛結を朋香に会わせたくないと思ってしまったのだ。

楽屋に挨拶に行くことなど考えもしないであろう愛結は、「あ、はい」と頷き、立ち上がる。

朋香にスマホで『ライブ最高だった！　招待してくれてありがとう！　〆切《しめきり》まずいから今日は帰るけどそのうちまた会いましょう』とメッセージを送り、優佳理はまるで逃げるように少し早足で、愛結と一緒にアリーナを出て家路につく。ちなみに〆切がまずいというのは嘘《うそ》ではない——というか今夜がその〆切である。

最寄り駅へと続く歩道はライブの客で溢れかえっていたが、優佳理のマンションはそちらとは逆方向なので人通りは少ない。

道すがら、優佳理は愛結に話しかける。

「すごかったわね、朋香ちゃん」

「めっちゃすごかったです」

愛結は頬を紅潮させて頷いた。

「……ねえ愛結」

「はい？」

「……朋香ちゃんがその……女の子が好きってこと、もしかして知ってた？」

愛結がぴたりと足を止め、優佳理は愛結に振り返る。

「はい。知ってました」

……やっぱり。

愛結と朋香が一度会っただけなのに急に親しくなったのは、歳《とし》が近いというだけでなく、セクシャリティが同じというのもあるのだろう。

「あとごめんなさい」

「え？」

急に謝った愛結に、優佳理が小首を傾げると、

「……あたしと優佳理さんが付き合ってることも朋香さんに言っちゃいました」

「……そうだったの。それについて、朋香ちゃんはなんて？」

愛結は逡巡《しゅんじゅん》の色を浮かべたのち、俯《うつむ》きがちに、

「……私のほうが相応しい、とか」

「そ、そうなの？　ふ、ふーん……」

自分でも滑稽《こっけい》なくらい動揺してしまう優佳理。

だって仕方ない……そのとおりなのだから。

セクシャリティが同じで歳も近い朋香のほうが、愛結の恋人に相応しいに決まっている。愛結を自分のもとに繋《つな》ぎ止めるために結んだ恋人関係よりも、ずっと自然だ。

もしかすると朋香が今日、優佳理を招待したライブでカミングアウトを行ったのは、優佳理に対する宣戦布告の意味があるのかもしれない。

……困ったなぁ……。

ライブでの朋香の姿は本当に輝いていた。

あんなスターが相手となると、駄目小説家の自分には分が悪い。

「優佳理さん？」

「あ、ううん、べつに。そっかー、自分のほうが相応しい、かー……」

どこか不安そうな声音で愛結に呼ばれ、優佳理は慌《あわ》てて誤魔化《ごまか》し、愛結に背を向けて家路を

急いだ――。

家に帰って愛結がSNSやニュースをチェックすると、人気アイドル声優・須原朋香のカミングアウトは、ライブ終了からまだ一時間も経《た》っていないにもかかわらず、すでに大きな話題を呼んでいた。

彼女のファンが集まっていたライブ会場では拍手が起きて肯定的な雰囲気だったが、ネットでの反応は様々だ。

『もっちゃんがどんなセクシャリティだろうと変わらず好きで居続けます』という肯定的なファン、『ガチ恋勢だったのでつらい』と悲しんでいるファン。

『これまでのは百合営業じゃなくてガチだったたってこと⁉　ますます推せる！』と肯定はしているが朋香のことを一人の人間ではなくコンテンツとして見ているファン、『夢を与える職業なのだから、こういう生々しい話は表に出さないほうが彼女のためだったと思う』と否定的ながらも朋香を案ずるファン。

『勇気がもらえました』とか『この人のことは知りませんでしたがこれから応援したいです』と賞賛する性的少数者もいれば、『同性愛者であることを商売に利用しないでほしい』と批判的な性的少数者もいる。

「仕事で可愛い女の子たちと堂々とイチャつけたりするので得」という発言も議論を呼んでおり、『同性愛者に対する偏見を助長する』という批判もあれば、その批判に対して『同性愛者は自分の性的指向を隠して生きなければいけないのか』『性的少数者の苦しみや悲しみばかりがクローズアップされがちだが、こんなふうにポジティブに人生を楽しんでる人だっていることも知ってほしい』といった意見も出ていた。

愛結としては、賛否両方に頷ける部分があると思った。堂々と生きて何が悪いのかと思うけれど、愛結もまた一人の少女として、自分が見ず知らずの人間から性的対象として見られることの嫌悪感も理解できてしまうのだ。

全体的には一応、『彼女の勇気ある告白に敬意を表す』みたいに肯定的な意見が多数派ではあるものの、『キモい』『表に出てくんな』といったストレートな罵倒《ばとう》も多いし、罵倒の域を超え匿名《とくめい》でさえ許されないような酷《ひど》い言葉も次々出てきて、読んでいるだけで気が滅入《めい》りそうになる。

ともあれこの反響が、須原朋香というスターの告白だからこそ起きたのは間違いない。

……すごいなあ、朋香さん。

すごすぎて、ため息しか出てこない。

やっぱり彼女は、自分とは別の世界の人間なのだ。

そんなことを思いながら朋香の話題を追いかけ続けていると、突然スマホに着信があった。

相手はなんと現在進行形で話題沸騰中《ふっとうちゅう》の須原朋香だ。

「も、もしもし⁉」

『おっすー。ライブどうだったー？』

朋香のあまりにも軽い調子に戸惑いつつ、

「あ、うん。すごかった」

『ありがと。楽屋で直接会って聞きたかったんだけど、先生の仕事ヤバいんじゃしょうがないよねー』

楽屋に行って歌手に直接会うなんて、考えてもいなかった。

「あ、うん、ごめん……。てゆうか、電話してて大丈夫なの？」

『いま関係者さんへの挨拶が終わって、一人でメイク落としてるところだから平気ー』

「そうゆうことじゃなくて、なんかすごい騒ぎになってるから……」

『カミングアウトのこと？　そうらしいねー。まだエゴサしてないからよく知らないけど』

「エゴサ……しないほうがいいかも……」

『あ、やっぱり色々言われてる感じ？　まあアンチには慣れてるから平気』

「そ、そうなんだ……」

ほんとに強い人だなと改めて尊敬しつつ、

「朋香さんが今日カミングアウトしたのって……もしかしてあたしのため？」

躊躇いながらも訊ねると、

『それも一つではあるけど、いずれ公表しようとは思ってたから。予定では海老先生を落とした
あとだったんだけどね』

「そ、そうだったんだ……えっと、なんか、ごめん……」

『謝られてもなー。べつに後悔はしてないし』

あっけらかんとしている朋香に、愛結はおずおずと訊ねる。

「……朋香さん、今も優佳理さんのこと、好き？」

答えが返ってくるまで少し間があり、

『好きよ』

「……」

『あっ、でも安心して！　べつに愛結から先生を奪おうとか考えてないから！　友達の恋人奪う
とかフィクションでも無理だし！　NTR反対！』

えぬてぃーあーるってなんだろう？　と思いつつ、

「……あたしも、朋香さんのほうが相応しいと思う」

愛結の口からぽつりとそんな呟きが漏《も》れた。

幸い声が小さくて朋香には届かなかったらしく、

『え、なんて？』

「え、あ、な、なんでもない」

『そう？　あっ、ごめんマネージャー呼んでるから切るね。また遊びに行くから』

「う、うん。じゃあまた」

『うぃー』

通話が切れる。

朋香との電話が終わったあとも、愛結はじっとスマホの画面を見つめたまま、しばらく動けないでいた――。

〆切前には決心が捗る

「ヒイイイイイカァァァァァァリィィィィイイイッ!!」

須原朋香《すはらともか》のライブがあった翌朝。

鬼のような形相《ぎょうそう》を浮かべた白川京《しらかわみやこ》が、優佳理《ゆかり》の家に乗り込んできた。

どうやら昨夜ずっと編集部で原稿が送られてくるのを待っていたらしく、服はヨレヨレで髪も乱れている。

「こ、このゴミカス甲殻類《こうかくるい》作家ァ……！　前回の〆切《しめきり》をちゃんと守ったから、改心したのかと思って油断したわ！」

激怒する京の言葉に優佳理は目を丸くして、

「ええっ⁉　〆切の八月十一日ってもしかしてグレゴリオ暦のことだったんですか⁉」

「あ?」

眉《まゆ》をひそめる京に、優佳理は真剣な声で、

「すいません、てっきり旧暦のほうだと思ってました！　でもグレゴリオ暦の八月十一日だってハッキリ言わなかったみゃーさんにも非があると思います！」

京は頰《ほお》を引きつらせ、

「そ、そんなエクストリームな言い訳初めて聞いたわ……。現代日本に生きてる誰《だれ》が旧暦だと勘違いするのよ……！」

「神職の人とかならもしかしたら……」

「しないわよ！」

京はぴしゃりと言って、

「……で、原稿は？」

「さっきちょうど一通り書き上がって、今から手直しするところです」

すると京は安堵《あんど》のため息を吐《つ》き、

「それならどうにか間に合いそうね……。終わったら印刷してちょうだい。ここですぐ確認するから」

「はーい……」

優佳理が生返事をして立ち上がり、仕事部屋へと向かおうとすると、

「そういえば、一昨日《おととい》編集者の交流会で高富《たかとみ》さんに会ったわよ」

「……！」

京の口から出てきた名前に、優佳理は顔を強張《こわば》らせた。

「そ、そうですか。復職されてたんですね」

「……高富さん、って誰ですか？」

リビングの掃除をしていた愛結《あゆ》が訊《たず》ねてきた。

「私の元担当よ」

顔をしかめながら答えると、

「え、担当って最初はみやちゃんじゃなかったんですか？」

愛結の言葉に、この子はホントに小説とか出版社について全然興味ないんだなーと、少し寂《さび》しくなる優佳理。

「私が新人賞を獲ってデビューしたのは、みゃーさんの勤めてるブランチヒルとは別の出版社なのよ。その出版社の初代担当が高富さん」

高富志津香《しづか》――それが優佳理の初めての担当編集者の名前だ。

優佳理のデビュー元であるギフト出版ＧＦ文庫編集部に配属されたばかりの新人編集者で、優佳理の応募原稿――『心臓をさがせ』を編集部で最初に読み、優佳理の担当になることを熱望したのだという。

――あなたには凄《すご》い才能があるわ！　これから私と一緒に、時代を変えるような傑作を世界に送り出していきましょう！

初めて直接顔を合わせたとき、自己紹介もそこそこに彼女はそう言った。自分の作品がそこまで大したものだとは思ってなかったこともあって、優佳理は高富の熱に浮かされたような声と眼差《まなざ》しに居心地の悪さを感じ、曖昧《あいまい》な愛想《あいそ》笑いで返したことを憶えている。

生真面目《きまじめ》で意識の高い新人編集者と、時代を変えるような傑作を作りたいなどと微塵《みじん》も思っていない優佳理とは最初からまるで嚙《か》み合《あ》わず、打っても響かない優佳理に対して高富は苛立《いらだ》ちを募らせ、優佳理もまた、具体的な改稿指示ではなく「この作品はもっと良くなるわ！」といった抽象的な精神論ばかり吐く高富のことを忌避《きひ》するようになっていった。

優佳理はメディアミックスにはほぼノータッチだったので後から知ったことだが、『心臓をさがせ』や『人類は不死の病に侵されました』の映画や漫画の関係者ともたびたび揉《も》めていたらしく、積み重なったストレスによって高富はついに心を病み、休職することになった。

GF文庫の担当は他《ほか》の編集者が引き継いだのだが、優佳理は以前から、知人の伝手《つて》で知り合ったブランチヒルの白川京に担当と上手《うま》くいってないことを相談しており、高富の休職を機に活動の場をGF文庫からブランチヒル文庫へ移した。

自分が悪いとは思っていないが、彼女が心を病むほどに追い込まれた原因の一端が自分にあることは間違いなく、高富の件は優佳理のトラウマになっていた。

「……高富さん、お元気でしたか？」

「うーん……あたしは休職する前の高富さんを知らないからなんとも言えないけど、ヒカリから聞いてた過剰な情熱とか意識の高さみたいなのはあんまり感じなかったわね」

「そうですか」

病気を経て彼女も変わったのだろうか。空回りしていたとはいえ仕事への熱意自体は本物だったから、変わったのが良いことなのか悪いことなのかは判らないけれど。

「……ちなみに、私のことは何か言ってました？」

恐る恐る訊ねると、京は少し言いにくそうに、

「……言ってたわ」

「なんて？」

「……正直に言ってもいい？」

「まあ、はい」

京は優佳理から僅《わず》かに視線を逸《そ》らし、

「あの人、ブランチヒルから出したヒカリの作品も全部読んでるらしいんだけど……『つまらない作家になりましたね』って」

「…………」

頬をひくつかせる優佳理に、京は慌《あわ》てて取りなすように、

「あ、あくまで高富さんの言葉だからね！　あたしは『犬メン』も『みん好き』もちゃんと面白《おもしろ》いと思ってるわよ？　その前にあたしが担当した本だって！」

「べつにそれはわかってますけど」

高富の言葉に怒ったわけではなく、疎《うと》ましく思っていた元担当の言葉に少なからずショックを受けている自分自身に、優佳理は戸惑いを覚えていた。

特別なんかじゃない、普通の、読んだらすぐに忘れ去られる消耗品のような小説を目指していたのだから、むしろ自分の狙《ねら》いどおりになったと喜ぶべきなのに。

「……みゃーさん、正直に言ってください」

「なにを？」

「今の私の小説、昔の私の作品に比べてどうですか？」

優佳理の問いに、京はしばし押し黙り、

「今のヒカリの作品が面白いっていうのは、間違いなくあたしの本心よ。ただ……『心臓をさがせ』とか『不死の病』に感じた……うーん、なんていうか……〝凄み〟みたいなのは薄くなったとは思うわ」

「……そうですか」

京の正直な言葉に、優佳理は自分でも驚くほど沈んでしまう。

「べ、べつにそれが悪いってことじゃないからね？　今のあんたの作品のほうがわかりやすいしメディアミックスもやりやすいし、商業的には全然間違ってないからね？」

「………………」

メディアミックスがやりやすい――言い換えればそれは、自分以外のクリエイターにも容易《たやす》く再構築できてしまう作品であるということだ。

〝特別〟ではない、ということだ。

かつてはあれほど捨てたがっていた〝特別〟なのに、今はそれが失われるのが怖い。

それはきっと、昨日朋香のライブを観《み》たからだ。

唯一無二の本物の耀《かがや》きを持つ彼女に、負けたくないと思ってしまったからだ。

自分も凄くて特別な人にならないと……愛結を取られてしまうかもしれない。

自分がこんな焦燥感《しょうそうかん》を抱くなんて、愛結と出逢う前には考えられなかった。

「みゃーさん」

「なに？」

「今の原稿が終わったら、『犬メン』と『みん好き』はしばらく休んでもいいですか？」

「はあ!?　いきなりなに言い出すのよ！」

「お願いします」

優佳理の眼差しに、京は真剣なものを感じ取ってくれたらしい。

「理由は？」

「新作が書きたいんです」

「新作？」

「ちょっと……本気を出してみようと思いまして」

京はじっと優佳理を見つめ、

「……あたしの一存じゃ決められないけど、とりあえず掛け合ってみるわ」

「ありがとうございます！」

お礼を言って、優佳理はとりあえず今の仕事を終わらせるべく仕事部屋に向かうのだった。


「……あっちゃん」

優佳理が仕事部屋に入ったあと、リビングの掃除を続けていた愛結に京が声をかけてきた。

「なに？」

「ちょっと座って話さない？」

どこか重たい京の声に戸惑いつつ、愛結は京の対面に座る。

京は愛結の顔を見ながら、ゆっくりと話し出した。

「ヒカリが珍しくやる気出したタイミングでこんなこと言うのもアレかもしれないんだけど……来週十八日からあたしの家族、お婆《ばあ》ちゃんの家に行くのね。そのときに、あっちゃんも一緒に行かない？」

「……！」

京の言葉に愛結は顔を引きつらせる。

京の父親と愛結の父親は兄弟で、実家（愛結と京の祖父母の家）は愛媛《えひめ》にある。毎年、お盆と正月には親戚みんなで祖父母の家に集まるのが白川家の慣習だった。

愛結の実家をはじめ、親戚は基本的に愛媛県内に居を構えており、京の父親だけが若くして上京し、東京《とうきょう》で結婚し家庭を築いた。そのため、親戚間で京の家族は少し浮いているのだが、愛結は昔から都会的な京一家に対して「自分もこの家の子供だったらよかったのに」と思っていた。

ともあれ、京の家族と一緒に愛媛に行くというのは、愛結の実家に戻るのと同じ意味だ。

「行かない！」

迷うことなく拒否した愛結に、京は淡々と、

「この前ね、叔母さんから電話があったの」

「……っ」

「あっちゃんのこと、心配してたわよ」

「心配なんて嘘《うそ》。どうせ世間体が気になるだけでしょ。もうすぐ高校の夏休みも終わるし」

吐き捨てる愛結に、京は少し困った顔を浮かべ、

「まあ、それもあるのかもね。……叔母さんに、あっちゃんがどうして家を飛び出したのかも

聞いたわ」

「……！　それじゃあみやちゃん、あたしのこと、知ってるの？」

京が頷《うなず》き、愛結の感情が恐怖や悲しみや羞恥《しゅうち》で塗《ぬ》り潰《つぶ》される。

「落ち着いてあっちゃん。あたしはそれであっちゃんのことを嫌ったりとか絶対ないから。これだけはホントに信じて。ぶっちゃけあたしの友達にもＬＧＢＴのひと結構いるから、慣れてるっていうのもあるし」

――みゃーさんは同性愛を拒絶したり差別したりはしないわよ、ぜったい。

どうやら優佳理が言ったとおりのようだ。

愛結の心が少しだけ平静を取り戻す。

「あっちゃんが東京に来て、もう三ヶ月でしょう？　このまま東京で暮らすとしても、一度ご両親とちゃんと話し合う必要はあると思うの」

京の言うことはもっともだ。

二度と家に戻らない覚悟で飛び出したけれど、法律上、今の愛結の保護者が両親なのは変わらないし、高校にも在籍している。田舎《いなか》に置いてきたままの色々なことにちゃんとケリをつけるため、もう一度両親と会う必要はある。

……それに。

昨夜の朋香の盛大なカミングアウトが頭をよぎる。

あの会場に集まった一万人だけでなく、予測不可能なほど大勢の人に拡散され、性的少数者本人やその周りの人々以外にも考えるきっかけを与えた。

あれと比べたら、たかだか両親二人と向き合うことなんて怖くもなんともない。いや、本当はすごく怖いけど、それを乗り越えられずに、朋香を差し置いて優佳理とこのまま付き合うことなんてできない。

「……わかった。みやちゃんと一緒に行く」

強い決意を込めて、愛結は京にそう宣言した。

原稿の直しを終えて優佳理がリビングに戻ると、京がノートパソコンで作業をしており、愛結も京の向かいの椅子《いす》に座っていた。

京が仕事しているのはいつものことだが、愛結は何も持たずただ座っているだけだ。それが少し気になりつつ、

「みゃーさん、終わりました」

　プリントアウトした原稿を京に手渡す。

「ん。お疲れ様」

　京は原稿を受け取り、

「新作の件、うちのボスとブランチヒルオンラインの担当に話したわ。『犬メン』は二回……つまり一ヶ月休載で、『みん好き』の刊行予定も一ヶ月遅らせる。これでどう?」

　優佳理は現在、二つのシリーズを並行して執筆している。両作品とも〆切に一ヶ月の猶予ができれば、一ヶ月新作だけに集中できる。

「さすがみゃーさん、仕事が早いですね」

「言っておくけど、これが限界だからね。絶対に一ヶ月で新作を書き上げて、『犬メン』と『みん好き』もそれ以上は遅らせない。いいわね?」

「まかせてください」

　優佳理が頷き、京は小さく笑って原稿のチェックに入った。

　そこで愛結が口を開く。

「あの、優佳理さん」

「うん?」

「来週あたし、みやちゃんと一緒に田舎に戻ります」

「え……」

愛結が東京にやってきた経緯を思い出し、優佳理は驚く。

「田舎に戻って、これからもここにいられるように親と話をつけてきます」

「……わかった。頑張って」

一抹《いちまつ》の不安を覚えつつも、優佳理は愛結の決断を尊重することにした。

〆切前には独りだった人間が独りではなくなるという、ただそれだけのありふれたラブストーリーが捗る

八月十八日。

迎えに来た京《みやこ》とともに、愛結《あゆ》は優佳理《ゆかり》のマンションを出る。

「なるべく早く帰ってくるつもりですけど、身体《からだ》に気をつけてくださいね」

「大丈夫よ。もともとは一人で暮らしてたんだし。それより愛結、飛行機に乗るのは初めてでしょう？　ちゃんとパスポートは持った？」

「なんで日本なのにパスポートがいるんですか」

愛結がツッコむと、優佳理は驚いた顔を浮かべ、

「え、もしかして今年の二月に航空法が改正されて、本州から四国九州《しこくきゅうしゅう》沖縄《おきなわ》に行く飛行機に乗るときはパスポートが必要になったって知らないの？」

「ええ⁉　こ、航空法？」

たしかに飛行機で海を渡るのだから実質海外旅行のようなものだ。パスポートが必要になっても不思議ではな――

「はいはい、馬鹿《ばか》なこと言ってないではやく出発するわよ」

京が苦笑を浮かべて言って、また騙《だま》されかけたと気づく。

「うう……悔しい」

「ふふ、愛結は相変わらず素直ね」

優佳理に笑いながら送り出されたのち、羽田《はねだ》空港で京の両親と合流する。

一般的なお盆休みの時期より少し遅い里帰りなのは、出版社勤務の京がコミケとかいうイベントで働かなくてはならないためだ。京の両親も親族一同が集まる場は苦手らしく、娘の仕事にかこつけて一家揃《そろ》って帰省を遅らせている。

京の母親――愛結の伯母さんは生まれも育ちも東京《とうきょう》で、京がそのまま歳《とし》を重ねたような美人。父親――伯父さんは顔つきそのものは愛結の父親に似て少しいかつい感じだが、五十歳近いのに体型はスリムで服装がいつもお洒落《しゃれ》。

二人とも、金髪パンクファッションに変わった愛結の姿には驚きを浮かべたが、「久しぶりだね」「元気にしてた?」と和《なご》やかに話しかけてくれた。愛結が家出中ということも知っていたが、それ以上の詮索《せんさく》はしてこない。デリカシーの欠片《かけら》もなく他《ほか》の家のプライベートなことまでズケズケ話題にする他の親戚たちとはやはり一線を画している。京が羨《うらや》ましい。

羽田空港から飛行機で一時間半、愛媛県の松山《まつやま》空港に到着。初めて乗った飛行機に少しテンションが上がったが、空港を出る頃《ころ》にはまた憂鬱《ゆううつ》な気持ちがぶり返してきた。

松山空港から電車で松山駅に行き、

「……あたしも一緒に行こうか？」

気遣わしげな京の提案を愛結は断った。両親とは、自分一人で向き合わなくてはならないと思ったのだ。

祖父母の家に向かう京一家とは、逆方向の電車に乗り込む。

実家の最寄り駅で降り、母親のスマホに「今駅に着いた」とメッセージを入れ、家への道を歩いて行く。

……帰るんじゃない、行くんだ。

自分の帰る場所はもう、東京にある優佳理のマンションなのだから。

激しく太陽の照りつける蒸し暑い道を、気力を奮い立たせながら歩くこと十五分、ついに家が見えてきた。築二十年の庭付き一戸建て。ここが愛結が生まれてから十六年以上ずっと過ごしてきた場所だ。

家の前に立つ。

鍵《かぎ》は家出するとき持って行かなかったので、仕方なくチャイムを鳴らす。

ほどなく、勢いよく玄関の扉が開かれ、出てきたのは愛結の母親だった。

「な、なんなのその格好は！」

愛結が何かを言う前に、母親が強い口調で言った。

三ヶ月ぶりに会って最初に言われた言葉がコレということに、愛結は軽く目眩《めまい》を覚える。

愛結が無言で睨《にら》み返すと、母親は何か言いたげに口を震わせたが、やがてため息をつき、「とにかく、中に入りなさい」と告げた。

無言で家に入り、リビングに行くと父親がいた。

「なんだその格好は……！」

父親の反応も、ほとんど母親と変わらなかったが、彼はさらに、

「そんな格好で駅から歩いて来たのか」

「だからなに」

愛結が淡々とそう返すと、

「なんだその態度は……」

怒りの色を浮かべ腰を浮かせた父に、母が「お父さん！」と咎《とが》めるような声を上げると、父は愛結を険しい目で睨みながらも椅子《いす》にかけ直した。

「……とりあえず座れ」

「その前に水飲みたい」

そう言って愛結は冷蔵庫を開け、冷やしてあった麦茶を取り出してコップに注《そそ》ぎ、喉《のど》に流し込んだ。さらに続けて二杯飲み、喉が潤《うるお》い気分も落ち着いてきた。

愛結は自分を見つめる両親と目を合わせないようにしながら、ゆっくりと椅子に座った。

そのまま無言の時間が流れ――沈黙を破ったのは母だった。

「……お帰り」

「……ただいま」

愛結がボソリと返すと、

「あのときは酷《ひど》いことを言ったわね。ごめんなさい」

「⁉」

母の口から謝罪の言葉が出てきたことに、愛結は驚いた。

「お父さんとお母さん、愛結が出て行ってからLGBTのこと色々調べたの」

「お母さん……」

「愛結だって可哀想《かわいそう》なのに、一方的に責めるようなことをして反省してるわ」

……可哀想。

そうやって哀《あわ》れまれるのが一番嫌なのだが、両親なりに理解しようとしてくれたというだけでも、自分の家出がまったくの無駄ではなかったと前向きに考えることにする。

「あー……」

黙っていた父親が、重々しく口を開いた。

「……お前のこと、病気だと決めつけて病院で治してもらおうなどと言ったのは悪かった」

「……！」

渋々といった感じではあったが、この父が愛結に謝るなんて、生まれて初めてのことかもしれない。

愛結は思わず泣きそうになる。

だが。

「いろいろ調べたんだが、同性愛者でも普通の人と結婚してちゃんと子供を作ってる人も世の中には大勢いるらしいな。相手が同性愛者でもかまわないという男を急いで見つけてやるから安心しなさい」

父親の言葉に、愛結は目の前が真っ暗になった気がした。

……なに言ってんの、この人。

度を超した怒りと嘆《なげ》きと失望で頭がくらくらする。

両親が謝ったことに感動していた十数秒前の自分を全力でぶん殴ってやりたい。

この人たちが同性愛について勉強したのは愛結の幸せのためなどではなく、娘を自分の許容できる範囲の正しい道に引きずり戻すために過ぎなかったのだ。

三ヶ月ぶりに会った娘にまず言ったことが外見のことだったように、愛結本人の気持ちなど一切《いっさい》関係なく、家族の付属物の一つである子供が世間からどう見られるかだけがすべて。

『普通の』『ちゃんと』『でもかまわない』『見つけてやる』『安心しなさい』――言葉の選び方一つ一つが愛結の神経を逆撫《さかな》でする。

ともすれば暴《あば》れ出しそうになる衝動をどうにか抑えつけながら、愛結は口を開く。

「……たしかに、異性と結婚してる同性愛者の人もいるよ」

「ああ」『そうなのよ」

表情を緩《ゆる》ませる両親を睨み付け、愛結はきっぱりと宣言する。

「でもあたしは男の人と結婚なんてしない。東京で好きな人と生きていく」

「なんだと⁉」

「す、好きな人って、もしかして京ちゃんのこと?」

母の問いに首を振る。

「ちがう」

「じゃあ誰《だれ》なの!」

「あたしの雇い主。あたし今その人と付き合ってて一緒に住んでるから」

愛結の言葉に両親が絶句する。

「なんですって⁉　京ちゃんの家に住まわせてもらってると思ってたのに……」

「どういう人間なんだその相手というのは。雇い主と言ったな?　バイトでもしてるのか。どういう仕事だ。年齢は」

恫喝《どうかつ》するように問い詰めてくる父の威圧感に必死で抗《あらが》いながら、

「みやちゃんが担当している作家さん。歳は二十三歳」

「付き合ってるだと……いい大人が、高校生と……!」

さっき急いで結婚相手を見つけてきてやると言ったその口で、真顔でそんなことを宣《のたま》った父に、愛結は呆《あき》れを通り越して笑ってしまいそうになる。

もうこんな人たちと一言も口をききたくない。同じ空気を吸うのも嫌だ。

勢いよく椅子から立ち上がり、

「じゃあね。あたし東京に帰るから」

「待ちなさい！」

「……」

制止の言葉を無視してリビングから出て行こうとした愛結に、父が叫ぶ。

「これ以上勝手なことをするなら、その女のことを警察に通報するぞ！」

「……！」

その瞬間、愛結は、自分が取り返しのつかないことを明かしてしまったと気づいた――。


愛結が京と一緒に地元へ帰った日の昼下がり。

優佳理は仕事部屋でパソコンに向かいながらコンビニのサンドイッチを食べていた。

コンビニ商品でランチを済ませるのは三ヶ月ぶりだ。

いま食べているエビカツサンドはコンビニ飯の中では一番のお気に入りで、愛結が来る前は三日に一度くらい食べていたのだが。

……あんまり美味《おい》しくない。

モソモソとサンドイッチを齧《かじ》りながら、優佳理は思う。三ヶ月ぶりに食べる好物で、味はまったく変わってないはずなのに、なぜか美味しいと思えない。

愛結の作るクオリティの高い料理を毎日食べたり、愛結と一緒に外でいいものをたくさん食べたせいで舌が肥《こ》えたのかなとも思ったが、最近デートのついでに食べたチェーン店のハンバーガーや牛丼やカレーは普通に美味しかった。

愛結がいないだけで、食事はこうも味気なくなってしまうのか。

べつに永遠の別れというわけでもなく、ちょっと里帰りするだけなのに。

……愛結、もう実家に着いたかしら。

なんとなくＬＩＮＥで「もう家に着いた？」とメッセージを送ってみると、すぐに既読マークが付いた。しかし、しばらく待っても愛結からの返信はなかった。

愛結……？

少し不安を覚えつつも、優佳理は執筆に取りかかることにする。

現在の仕事を一ヶ月中断して新作を書くと宣言してから、今日で六日になるのだが、原稿は一ページも進んでいなかった。

　あのとき、本気で凄《すご》い作品を書いてやるという意志は間違いなくあったものの、具体的に何かネタがあるわけではなかった。

　とりあえず思いついたものを書き始めては、なにか違うと感じて全部消す。新作に取り組み始めてから、ずっとこの繰り返しである。

　凄い小説って、どうやって書くんだっけ……。

　処女作『心臓をさがせ』を書いたときは、なんとなく思いついた物語をそのまま出力しただけだ。凄いものを書いてやるなんて意気込みは微塵《みじん》もなかった。それが何故《なぜ》か賞を獲り、多くの人から凄い凄い天才だ天才だと褒《ほ》めそやされた。

　次回作の『人類は不死の病に侵されました』も、担当の高富が「もっと凄いものを」とたびたび改稿の要求をしてきたものの、彼女の言葉はほとんどスルーして、優佳理が面白《おもしろ》いと思ったものを普通に書いただけだ。

　仕事先をブランチヒルに移してから書いた『孫子《そんこ》の恋愛兵法《へいほう》』『殺意検知官の不確定な事件簿』も執筆スタンスは変わっていない。担当の京は〆切《しめきり》には厳しいが作品の内容にはあまり口出ししてこないので、GF文庫時代より伸び伸びと書けたのは間違いないが。

　『最強主人公のかませ犬系イケメンに転生してしまった』と『みんなちがってみんな好き』は、あえて量産型の作品に見せるべく、流行の転生要素やハーレム要素を盛り込んでみたが、自分が面白いと思うものを書いていることに違いはない。

パッと見で斬新《ざんしん》だと凄いと思ってもらいやすいのかなと思って、世界観や設定に凝ってみたり、クラスメート全員が寿司《すし》ネタに転生したりメントスコーラで戦うバトルロイヤルといった一発ネタに走ったり、宗教や政治的タブーに踏み込んでみたり、登場人物の思考やビジュアルを優佳理にも理解不能なくらい滅茶苦茶《めちゃくちゃ》にしてみたりもしたが、書いていてまったく面白くないのでどれもすぐにやめた。

……そもそも私、なんで凄い小説を書こうなんて思ったんだっけ。

須原朋香《すはらともか》に対抗するため？

凄い小説を書くことが、なんで凄いアイドル声優に対抗することになるのか。

世間で凄い作家として認められたら、愛結が優佳理のほうが朋香より凄いと思ってくれるだなんて本気で思っているのか。

「……だって愛結、小説なんて読まないじゃないの……」

自分が完全に迷走していることに気づき、優佳理は椅子の背もたれに体重を預け、天井《てんじょう》を仰《あお》いだ。

「……愛結、はやく帰ってこないかなー」

呟《つぶや》いたそのとき、スマホの通知音が鳴った。

愛結からの返信かと思って急いでスマホを手に取る。

メッセージを送ってきたのは愛結ではなく朋香だった。

先生、突然ですが午後のアフレコの予定が飛んだので、今からおうちにお邪魔してもいいですか？


前回うちに来たときもアフレコが飛んだという理由だったが、実際アニメの制作現場ではよくあることなので特に疑いはしない。それよりも、

『今日は愛結いないけどそれでもいい？』

『え、そうなんですか。愛結さんはどちらに？』

……やっぱり朋香ちゃん、愛結のことが気になるんだ。

家に来るのも愛結が目当てで、でもこの部屋の主は一応優佳理だから、とりあえずアポを取りに来たのだろう。

『ちょっと実家に帰ってる』

『そうなんですね……』

朋香から次のメッセージが届くまで、数分ほど間が空《あ》いた。

『愛結さんに聞いたら二人で会っても大丈夫とのことなので、お邪魔させてください』

……愛結、朋香ちゃんからのメッセージにはすぐに返事したの？

そもそも、二人で会っても大丈夫かどうか、どうして朋香が愛結に訊《たず》ねる必要があるのだろう？

困惑しながら朋香を待っていると、十五分ほどして彼女がマンションを訪れた。

とりあえず朋香をリビングに通し、フィナンシェとコーヒーを用意する。

「どうぞ。このフィナンシェ、愛結の手作りなのよ」

妙にソワソワしている様子の朋香に勧めると、彼女は目を丸くして、

「え、フィナンシェって自分で作れるものなんですか」

「さすがの愛結も上手《うま》く作れるようになるまでちょっと苦戦してたみたいだけどね」

フィナンシェを一個ずつ食べ、コーヒーを飲んで一息ついたあと、

「こないだのライブ、すごく良かったわ。招待してくれてありがとう」

「あ、ありがとうございます！」

優佳理の言葉に、朋香が顔をほころばせた。同性の優佳理から見てもその笑顔は非常に魅力的だった。

「それから、MCもかっこよかったわ。堂々としてて。……ちょっと驚いたけど」

優佳理の言っているMCが何を指しているか、朋香には伝わったようだ。

「実はめちゃくちゃ緊張してたんですけどね。足とかすごい震えてて、ちゃんと次の曲に行けたのが我ながらなかなかやるなって思ってます」

「うん……ほんとにすごかった。この子には勝てないなって思うくらい」

するると朋香は笑い、

「勝てないって、先生と私じゃ戦ってる土俵が全然違うじゃないですか。それに先生だってすごい作品をいっぱい書いてるし」

「そういうことじゃなくて……朋香ちゃんが本気で愛結を奪いに来たら、私じゃ太刀打《たちう》ちできないなってこと」

「はあ？」

きょとんとした顔をしている朋香に、少し違和感を覚えつつ、

「朋香ちゃん、愛結のことが好きなんでしょう？」

優佳理がそう言うと、朋香は大きな目をさらに大きく開け口を何度かパクパクさせ、

「はあああああああ⁉」

テーブルの上のカップが少し震えるほどの大音量で疑問の叫びを上げた。

「な、なななななんで私が愛結さんのことを好きだなんて思うんですか⁉」

「え、だって……愛結から、私と愛結が付き合ってるって聞いたんでしょう？」

「それはまあ、はい」

「そのときに、『自分のほうが相応《ふさわ》しい』って言ってたって愛結が……」

「はあああああ⁉　え、ええー？　あ、いや、たしかにそれは言いましたけど……ええ……？　アイヤー、ナンデ、ニンジャナンデ……？　なんでそこだけ抜き出すかなあ……？」

百面相しながらブツブツと呟いている朋香に、優佳理も困惑する。

「えっと、朋香ちゃん?」

おずおずと声を掛けると、朋香はキッと優佳理を見据え、

「海老《かいろう》先生! 私が『自分のほうが相応しい』って言ったのは、先生と付き合うのが愛結さんより私のほうが相応しいっていう意味で、しかもそれ冗談っていうかただの負け惜しみです! 本気でそう思って言ったわけじゃないです!」

「そうなの? ……え、ということはじゃあ、えっと、朋香ちゃん?」

相応しいという言葉の意味を考え直し、優佳理は戸惑いながら朋香を見る。

朋香は頰《ほお》を赤らめながら、少しふてくされたような顔で、

「ホントは言うつもりなんてなかったんですけど、私は先生のことがずっと好きでした。もちろん性的な意味で、です」

「そ、そうだったの……。なんか、その、ごめんなさい」

「はい……まあお気になさらず……。……ええー……なんで私、いつの間にか負けヒロインになってた上にこんな追い打ちまで食らってんの……?」

釈然としない顔でブツブツ呟いている朋香に、

「で、でも、朋香ちゃんのほうが愛結に相応しいって私が思ったのも本当よ。歳も近いし……性的指向も同じだし……」

優佳理がそう言うと、朋香は険しい表情を浮かべ、

「……先生、それ本気で言ってますか？」

「だって普通に考えたらそうじゃない。私は同性愛者じゃないんだから……」

「でも愛結さんのことは好きなんですよね？」

「それも自信がないの。愛結の好きと私の好きは多分違うものだし、愛結への気持ちが本当に恋なのかもわからないし……」

　優佳理の切実な言葉に対し、

「はいバーカバーカ！」

「⁉」

　いつも礼儀正しい朋香らしからぬ暴言に、優佳理は唖然《あぜん》とする。

「先生はバカですか？」

「と、朋香ちゃん……？」

　戸惑う優佳理の前で朋香は深々とため息をつき、

「……傍《はた》から見れば先生、どう見たって愛結さんのこと大好きでしたよ。あんなふうに誰かに完全に心を許して酔って甘えてる先生なんて初めて見たし」

「でもそれが恋かどうかは……」

「じゃあ先生、愛結さんが私とセックスしてもいいんですか？」

「え、セ……」

愛結と朋香がイチャついている光景が頭に浮かんだ瞬間、泣きそうになった。

「やだ。絶対やだ！」

「ほらー」

「で、でもこれはただ大事な人を取られたくないっていう嫉妬《しっと》や独占欲かもしれないし」

なおも悩む優佳理に、朋香は苦笑を漏《も》らした。

「べつに、自分の感情にいちいち厳密な定義づけなんてしなくてもいいじゃないですか。先生がいま愛結さんに抱いている感情を恋だと思いたいなら、それが恋でいいんですよ」

朋香の言葉に、優佳理は雷に打たれたような衝撃を受けた。

「そんな簡単でいいの？　性的指向の話って、もっと深刻なものなんじゃないの？」

だからこそ愛結は苦しみ悩んだ挙げ句、東京に家出してくることになったのに。

「さあ？」

縋《すが》るような眼差《まなざ》しを向ける優佳理に、朋香は戯《おど》けた顔でオーバーに肩をすくめた。

「さあって！　真面目《まじめ》に訊《き》いてるのに！」

「私はそれでいいと思いますけど、そうじゃない人もいるでしょうね。自分のアイデンティティに関《かか》わる問題を矮小化《わいしょうか》するなー！　って激怒する人もいるんじゃないでしょうか」

「どっちが正しいのよ、もう……」

ますます困ってしまった優佳理が非難めいた眼差しを向けると、朋香は心底意外そうな顔でこう言った。

「え、先生は正しく生きたかったんですか？」

その言葉に。

優佳理は今度こそ目が覚めた思いだった。

と、そのとき、優佳理のスマホにメッセージが届いた。

「愛結からっ！」

「そんな嬉《うれ》しそうな顔しないでください妬《や》けてしまいます」

唇を尖《とが》らせる朋香を横目に、優佳理は急いでメッセージを確認する。

優佳理さんのところにはもう帰りません。別れましょう。これまでお世話になりました。

スマホを持ったまま硬直する優佳理。

朋香が立ち上がり、画面を覗《のぞ》き込む。

「……愛結さん、なにかあったんですかね。とりあえず電話してみましょう」

「そ、そうね」

優佳理は愛結に電話をかけてみる。しかし繋《つな》がらない。

『どういうこと?』とメッセージを送っても、既読が付かない。

「私から電話してみます」

しかし、朋香からの電話にも愛結が出ることはなかった。ＬＩＮＥも未読スルーだ。

「……一緒に行ったみゃーさんなら何か知ってるかも」

優佳理が京に電話をかけると、

『……もしもし』

電話越しの京の声はどこか重たい気がした。

「みゃーさん。愛結がもう帰らないとか言い出したんですけど、何か知りませんか?」

『ついさっき、あっちゃんから聞かされたわ』

「ほんとですか⁉　そっちで何があったんですか⁉」

電話越しで京がため息を吐《つ》く。

『まさかあっちゃんとヒカリがデキてたなんてね……。展開早すぎない?　あたしなんて告白されてから四年、いや五年……?』

「そんなことはどうでもいいので!　愛結に何があったのか教えてください!」

『……あっちゃんの両親に、あっちゃんが東京でヒカリの家に住んでて、しかも付き合ってるってことを知られちゃったのよ。それで叔父さんたち、あっちゃんがもう一度家出するつもりなら、ヒカリのことを警察に通報するって』

「……だから別れるなんて言い出したんですね。私を守るために」

深刻な事態ではあるのだが——優佳理はたしかな喜びを感じた。

『正直、警察に通報とか言われるとあたしにもどうしたらいいのか……。どうにかあっちゃんの力になれるように考えてみるから、あんたはとりあえず大人しく待ってなさい』

「みゃーさん、愛結の実家の住所を教えてください」

『人の話きいてた⁉』

愛結の事情を知った優佳理の判断は迅速だった。

京との電話を繫いだまま立ち上がり、優佳理は急いで愛結の部屋に入り、棚に目をやる。愛結と一緒に作った、二人の手形スタンプが押された派手な棚だ。

その棚に置かれた小物入れを開けると、中に愛結の学生証を発見した。

「あ、住所もう大丈夫です。それじゃ」

『ちょっ！　ヒカ——』

京との通話を一方的に切り、優佳理はすぐに別の人に電話をかける。ワンコールで通話が繫がった。

「あ、もしもしお兄ちゃん？　ちょっと車貸してー」

電話の相手は二十歳離れた優佳理の上の兄で、現在はアメリカに住んでいるのだが、都内にも大きな邸宅を持ち、高級外車を何台もコレクションしている。

「車の名前とかよくわかんないけど、なるべく派手でいかつい感じのがいい。……ランボルギーニ……ってなんか聞いたことある。うん、じゃあそれでいいわ」

兄の邸宅の管理人に約束を取り付けてもらったあと、優佳理は物置部屋のウォークインクローゼットに入る。

中から新人賞の受賞式のときに仕立てたオーダーメイドのスーツ——当時は高校生だったのでナメられないように背伸びしてみたのだが、想像していたよりカジュアルなパーティーだったので一度しか着ていない——を取り出し、脱衣所に行って服を脱ぎ始める。

と、そこで、

「あのー、ナマ着替えを見学させていただいてもよろしいでしょうかフヒヒ」

顔だけ出して、いやらしい笑みを浮かべながら朋香が訊いてきた。朋香にならそれくらいのサービスをしてあげてもかまわないのだが、

「愛結が嫌がるからダメ」

ぴしゃりと言って扉を閉め、優佳理はスーツに着替える。

さすがに数年前とは体型が変わっているので苦戦しつつもどうにか着替えを終え、

「……先生、麗《うるわ》しすぎる……」

脱衣所から出てきた優佳理を見て、朋香がうっとりした顔で言った。

「ちょっとお腹《なか》がきつくなってるんだけどね」

「全然気にならないですよ。それで先生、そんな格好をしてどこに行くんですか？」

「決まってるじゃない」

優佳理はふてぶてしい笑みを浮かべて朋香に告げる。

「愛結を迎えに行くのよ」

旅行に必要なものが詰め込まれた緊急用バッグを持ち、サングラスは普段の色が薄いレンズではなく、ガッツリと黒いものを選び。

愛結のメッセージを受けてからわずか十五分、優佳理はマンションを出発した。

かつて愛結が家を飛び出して東京に来たときのことを見習うように、アグレッシブに、エキセントリックに。しかし大人らしく、大胆かつ冷静に。


優佳理さんのところにはもう帰りません。別れましょう。これまでお世話になりました。


愛結が優佳理に別れのメッセージを送りつけてから、一晩が過ぎた。

優佳理からは、直後に一度着信とメッセージがあったきりだ。愛結が一方的に拒絶したとはいえ、少し……いや、とても悲しい。

ちょうど優佳理の家に朋香が行ったらしいので、もしかすると朋香に告白されて受け容れてしまったのかもしれない。

朋香のほうが自分より優佳理に相応しい。それはわかっていても、胸が苦しい。

朋香があんなにも輝いているのは、彼女自身が頑張ったからだ。それもわかっている。

それでも。

自分が朋香と同じように、家族や周囲の人が同性愛者であることをすんなり受け容れてくれるような環境にいたなら。

優佳理と同じように、お金持ちの家で大勢の兄姉に愛されながら育っていたなら。

京と同じように、都会に住む容姿も心根も洗練された両親の子として生まれていたなら。

そう思うと、悔しくて悲しくて腹が立って妬《ねた》ましくて涙が止まらなくなる。

結局、この家に生まれてしまった以上、自分は一生コソコソと卑屈《ひくつ》に生きていくしかないのだろう。

両親とはほとんど口もきかないまま、家出前と同じように母親と並んで夕食を作り。

ベッドの中で泣きじゃくり、そのまま疲れて眠り。

朝起きて、また朝食を作って食べる。

昼食の時間まで部屋にこもり、ただ時間が過ぎていくのを待つ。きっと永遠にこんな日々が続いていくのだろう。

……死んじゃおっかな、もう。

愛結はこれまで、自分から命を絶つ人の気持ちが全然理解できなかった。

死ぬ勇気があるなら今の状況を変えるために全力で足掻《あが》けばいいのに。イジメがつらくて自分が死ぬくらいなら、いじめた相手を殺せばいいのにと思っていた。

でもそんなのは、まだ現実に抗うだけの気力が残っている人の戯言《たわごと》なんだと思い知った。

本当に気力が尽きると、殺意や憎悪を持つことさえできなくなってしまうのだ。

そんな愛結の絶望を切り裂くように。

窓の外で大きなクラクションの音が響いた。

「な、なに？」

二階にある自室の窓から、愛結は道路を見下ろした。

家の玄関先に、なんかすごいかっこいい車が停まっている。

車が再びクラクションを鳴らすと、ほどなく父親が家から飛び出してきた。

「な、なんなんだアンタは！」

少し怯《おび》えた声を上げながら父親が車に近づいていくと、運転席のドアが翼のように縦に開き、中から一人の女性が出てきた。

黒いサングラスに青いスーツという、まるでセレブな女社長という感じの服装だったが、色素の薄い灰色の髪は見間違えようもない。

「優佳理さん！」

愛結は叫び、部屋を出て玄関へと走る。

靴も履《は》かずに家から飛び出し、優佳理に抱きついた。

「一日ぶりね、愛結」

優佳理は優しく愛結の頭を撫《な》でながらため息を漏らし、

「もーっ、四国、遠すぎっ！　ほんとは昨日のうちに着くつもりだったんだけど、途中で疲れちゃってこれ無理絶対事故るわって思って大阪で一泊してきちゃった。大人しく飛行機を使えばよかったわ」

「東京から車で来たんですか⁉　ってゆうかベコベコじゃないですか！」

優佳理の乗ってきたものすごく高そうな車は、近くで見るとあちこちぶつけた痕《あと》があった。

「スーパーカーなんて初めて運転したからちょっと苦戦しちゃって」

恥ずかしそうに笑う優佳理に、

「なんでわざわざこんな車で？　それに服装も……」

「だってやっぱり第一印象が肝心《かんじん》かなと思って」

そう答えると、優佳理は愛結の父親に向かって歩《ほ》を進めた。

父親がビクッと身体を震わせる。いつの間にか母親も玄関から出てきて、不安げな顔でこちら

ろう。

もしも優佳理の言う第一印象というのが相手を威嚇《いかく》するという目的だったなら、それは成功だろう。

サングラスをかけたまま、優佳理は口の端を吊《つ》り上《あ》げ、優雅なお辞儀をする。

「愛結さんのお父様とお母様ですか？　わたくし、愛結さんとお付き合いをさせていただいております、海老原《えびわら》優佳理と申します」

「あ、え、あぁ……」

完全に気圧《けお》されている父はしばらく口をパクパクさせたあと、キョロキョロとあたりを見回し、

「と、とりあえず中へどうぞ……！」

そう言って逃げるように家の中へ入っていった。

気づけば近所の家の玄関や窓にも人がいて、こちらを見つめている。世間体を何より気にする父にとって、これほどばつの悪いことはないだろう。

父とは対照的に、人々の視線を一身に浴びながら、悠々《ゆうゆう》と家に入っていく優佳理。

やっぱり凄いなあと思いながら、愛結は彼女のあとに続いた。

リビングに通され、両親が並んで座り、その対面に愛結と優佳理が座る。

「それで、なんのご用ですか」

自分のテリトリーに入ってやや平静を取り戻したらしく、父が険しい顔で言った。

を窺《うかが》っていた。

優佳理はサングラスを外し、

「愛結さんを私にください」

単刀直入にそう言った。

「ふ、ふざけるな！　あんたは女だろう！」

「そうですけど、愛結さんが好きなので」

「話にならん！」

「では十億でいかがでしょう」

「は？」

父と母が揃ってぽかんとした顔をする。

「今すぐ現金でお支払いというわけにはいかないんですけど、私が持っているエビワラグループの株式とマンションを売れば十億円くらいにはなるかなーと」

「ふざけるな！　金で娘を売れと言うのか！」

恐らく提案が非常識すぎて冷静に考えられないのも原因だろうが、とにかく父は即拒絶した。

愛結から見ても、ここは父のほうがまともに思える。

「帰れ！　娘と付き合っているというからどんな女かと思ったが、想像以上にいかれてる！」

「十五億ならどうでしょう？」

「だからふざけるなと言っている！」

するとは優佳理は困った顔で、

「うーん……正直、私から親御さんに差し上げられるのがお金くらいしか思いつかないんですよねー」

「娘はやらん！　帰らないなら警察を呼ぶぞ！　この、未成年に手を出した犯罪者が！」

「たしかに基本的には犯罪ですけど、真剣な交際であると認められる場合は罪には問われないんですよ」

「真剣？　そんなことどうやって証明するつもりだ！」

「具体的には婚約関係かそれに準ずるものであれば、真剣な交際と見做《みな》されるようです」

「ハッ！　だったら駄目だろう。日本では同性の結婚は認められていない」

父の指摘に、優佳理は冷静に返す。

「そうですね。ですがパートナーシップ制度というものがありまして、届け出をすれば同性同士でも婚姻と同等の関係にあると認められます。法整備がまだ不完全で、性的少数者の権利を十全に守れるとは言えませんが、ともあれ、私は愛結さんが成人し次第パートナーシップを結ぶ手続きを取るつもりです」

「優佳理さん……！」

パートナーシップ制度のことは当然知ってはいたが、優佳理がそこまで真剣に自分との将来を考え、法律などについても調べていたことに愛結は驚いた。

「だ、だが！　そもそも娘を自分の家に泊めた件はどうする！　これは付き合う前からの話だろう！　ならばそれは誘拐だ！」

「京さんが愛結さんを保護することはご両親も了承されていたんですよね？」

「……ああ」

「京さんは私の担当編集者で、私は京さんに完全に監督されている立場にあります」

嘘《うそ》だ！　と言いたくなったがどうにか思いとどまる愛結。

「そして京さんは週に何度も私の部屋を訪れ、泊まったり一日中滞在していることもしょっちゅうです。つまり私の部屋は、事実上京さんの別荘といえます」

「そ、そんな詭弁《きべん》が通ると思っているのか」

「異論があるならどうぞ訴えてください。優秀な弁護士と一緒にお待ちしております」

常に柔和な笑みを浮かべたまま、穏やかな口調で語る優佳理。

しかし隣に座る愛結だけは、テーブルに隠れて見えない優佳理の手が震えていることに気づいていた。

このまま両親と優佳理が議論を続ければ、多分優佳理は勝つと思う。たとえ説得できずに通報されたって、お金持ちパワーでどうにかしてしまうと思う。そして、自分をこの家から救い出してくれると思う。

でも、本当にそれでいいのだろうか。

優佳理に任せっぱなしで、自分は一方的に救われるだけで、それでこれから先、胸を張って優佳理と一緒に人生を歩いて行けるのだろうか。

「い、いいだろう……そこまで言うなら本当に通報してやる！　後悔しても知らんからな！」

父が優佳理を睨んで叫んだ。

「優佳理さん、もういいです」

ぽつりと愛結は言った。

「愛結？　何を言うの？」

優佳理が悲痛な顔で愛結を見る。どうやら愛結が諦《あきら》めたと思ってしまったらしい。

違う、自分は優佳理にそんな顔をさせたいんじゃない。

愛結は父親をキッと睨み、

「優佳理さんはこんな人たちとこれ以上喋《しゃべ》らなくていい」

「え、愛結？」

優佳理と両親が揃って訝《いぶか》しげな顔を浮かべる。

愛結は何度か荒い息を吐いたあと、言葉を絞り出す。

「あたし、あたしは、あたしが、この人たちを……こ、こ、殺すッ!!」

「殺すだと!?　お、おお前……！」

「愛結！　親に向かってなんてこと言うの！」

色をなす両親に、

「うるさい！　お前らなんかもう親じゃない！　あたしの邪魔をするなら、あたしは本気で、お前らを、ぶっ殺すッ‼」

椅子から立ち上がり、本気の殺意を込めて愛結は叫んだ。

と、そこで優佳理がトントンと愛結の背中を叩《たた》く。

「ぶっ殺すなんて言うものじゃないわ。愛結がご両親を殺したら犯罪者になっちゃうじゃないの。それだと私がとても困るわ」

「優佳理さん……」

愛結がいったん座り直すと、優佳理は淡々と続ける。

「始末したいなら、ちゃんとバレないようにプロを雇わないと。うちの会社は多分まっとうな企業だと思うんだけど、頑張れば裏社会にアクセスすることくらいできるわ」

笑みを浮かべたまま言った優佳理に、両親が怯える。

優佳理の口調と格好、そして家の前に止まるランボルギーニが、プロの殺し屋を雇うなどという非常識な話にリアリティを与えていた。

「な、なんなんだお前らは……！　同性愛者ってのは、頭がおかしいヤツばかりなのか！」

震えた声で叫ぶ父に、優佳理は目を細め、

「それは同性愛者に対するヘイト発言になるので気をつけたほうがいいですよ。そもそも私はストレートですし。同性愛者だから頭がおかしいのではなく、単純に私個人がソシオパスというだけです」

父は顔を引きつらせたまま何事か言おうと口をパクパクさせるが、

「もういい！　あなたたちの話を聞いてると気が変になりそう！」

耐えかねて叫んだのは愛結の母親だった。

「はやく出てって！　あなたも……愛結も！　あんたなんか私の子供じゃない！」

……本気で殺意を抱くくらい憎んでいたはずなのに。

母親にそう言われてショックを受けている自分がいた。

最後までわかり合えなかったことに、申し訳ないとさえ思う。

でも。

「行きましょう、優佳理さん」

溢《あふ》れそうになる涙を必死で堪《こら》えながら、愛結は満面の笑顔を優佳理に向けた。

「うん」

優佳理は頷《うなず》き、愛結の手を握って立ち上がる。

俯《うつむ》いて嗚咽《おえつ》を漏らす母と、なおもこちらを睨んでいる父。

優佳理は二人に一礼したあとサングラスを掛け、愛結の手を引きリビングの外へと歩いていく。

「……本当にこれでいいと思ってるのか？」

背中に父の声。

これまでの激情に駆られた声音《こわね》ではなく、落ち着いた口調で、本心からの疑問を二人に投げかけてくる。

「この先幸せになれると、本当に思ってるのか？　結婚もできず、子供も作れない。世間様からは好奇や嫌悪の目で見られる。それでもお前たちは、幸せになれるのか」

純粋に、娘の未来を案じる父親としての問いに——


「なる」「なります」

一度だけ振り返り、愛結と優佳理は声を揃えて力強く答えたのだった。


愛結と一緒に車に乗り込み、エンジンをかけて発進させる。

「はぁ～、また十時間以上運転するかと思うと気が滅入《めい》るわ……」

優佳理がため息をついて言うと、愛結は笑って、

「じゃあどこかに泊まっていきましょう。二泊か三泊くらい」

「いいわね。せっかくこんな辺境の地まで来たんだし、愛媛観光もしていきましょうか。愛媛ってなにがあるの?」

「なんにもないです」

愛結は即答した。

「なんにもってことはないでしょう?」

「強いて言えばみかんが有名ですけど」

「愛媛県産のみかん、東京でいくらでも買えるわね……」

「はい。あとは……『坊っちゃん』の舞台ってゆうことくらいです」

「あー、そういえば来るときちょくちょく看板見かけたっけ」

夏目漱石《なつめそうせき》の小説『坊っちゃん』で主人公が教師として赴任するのが愛媛の松山だ。

「坊っちゃんの銅像とか聖地巡礼ツアーとかもありますよ」

「ふーん……。愛結も『坊っちゃん』は読んだことあるの?」

「学校の授業でやりました」

「あの小説、なんとなくいい感じな雰囲気で終わってるけど、普通にバッドエンドよね」

生徒や教師とうまくいかず、最後は大暴れしたのちクビになって故郷へ帰る主人公。

「あれって漱石の実体験を元に書かれてるんだっけ。作中で滅茶苦茶に貶《けな》されてるのに、それを観光資源にしちゃうなんて愛媛の人って結構つよつよメンタルね」

「だから、それくらいなんにもないってことです」

愛結が地元の観光に乗り気でないのはよくわかったので、

「じゃあ今日は神戸《こうべ》で泊まりましょうか」

「神戸⁉　はいっ！　神戸はずっと行ってみたかったです！　お洒落で都会なので！」

うって変わって元気よく頷く愛結に、優佳理も釣られて微笑《ほほえ》んだ。

走行中に見かけたコンビニの駐車場に車を止め、飲み物やお菓子を買ったあと、神戸にある会員制リゾートホテルの予約を取る。

カーナビの目的地をホテルに設定し、再び車を走らせる。

しばらくドライブを楽しんでいると、

「優佳理さん、どうしてこんな無茶なことしたんですか？」

愛結が不意に訊ねてきた。

「そんなに無茶だったかしら？」

「むちゃくちゃです。愛媛までこんなすごい車で来たのも無茶ですし、いきなりうちに乗り込んであたしの親に喧嘩《けんか》売るのも無茶です」

「ふふっ……まあ、そうね」

下手《へた》すれば自分が逮捕されるだけでなく、京や出版社、優佳理の家族やその会社にまで迷惑をかけるところだった。

「……自分の本性を思い出したから、かしら」

「ほんしょう?」

小首を傾《かし》げる愛結に、

「愛結はどうして私が、ラノベ作家なんていう社会の底辺みたいな仕事をしてると思う?」

「底辺なんて……すごい仕事だと思いますよ」

愛結はフォローを入れつつ、少し考え、

「才能があったから、ですか?」

「自慢じゃないけど他にも色々才能あるのよ私。音楽とかスポーツとかも昔から得意だったし、実は漫画も描けるわ。他の職業に就いてたほうが多分儲《もう》かってたし、そもそも実家お金持ちだから無理に働かなくても生きていけるし」

「その発言、たくさんの人を敵に回すと思います。てゆうかあたしもちょっとイラッとしました」

「事実なんだから仕方ないじゃない」

苦笑する優佳理に、愛結は小さく嘆息《たんそく》し、

「……じゃあ、小説を書くのが好きだから、ですか?」

「好きだと思う?　私、小説書くの」

「……思いません」

そう言って愛結は困った顔を浮かべた。そんな彼女に優佳理は微笑み、

「小説を書くのは好きじゃないんだけど、〝ライトノベル〟っていう名前は好きなの、私」

「名前？　ジャンルの？」

「うん。Light novel《軽い小説》」

ただ一人の脳と指先で、世界を、人間を、物語を、神や悪魔や宇宙さえも、お気軽に想像し、お手軽に創造し、軽々《けいけい》と破壊する。

そんなことが許されるのはライトノベルの世界くらいだろう。

才能があるのだからこうすべきだ。

お金があるのだからこうすべきだ。

容姿が美しいのだからこうすべきだ。

正しさを強《し》いる世界のことを、ずっと窮屈《きゅうくつ》に感じていた。

だから高校時代、ただ一人で小説を書き始めた。

「……正しさに抗いたいのよ」

『心臓をさがせ』は、期せずして臓器移植された肉体を乗っ取ってしまった主人公たちが、それでもまるで普通の少年少女のような青春を送る。

『人類は不死の病に侵されました』は、人類が不老不死となった世界で死をばら撒《ま》くテロリストが主人公。

『孫子の恋愛兵法』は、愛のために他人の恋すら利用し読者すら騙す女たちの頭脳戦。

『殺意検知官の不確定な事件簿』は、他人の心という不可侵の領域に立ち入る能力を得てしまった者による邪道のミステリー。

『最強主人公のかませ犬系イケメンに転生してしまった』は自分の役割から外れ、定められた正しいストーリーを蹂躙《じゅうりん》していく物語。

『みんなちがってみんな好き』は、ラノベのジャンルとしては王道ながらも、現実社会の倫理観とは正面衝突するハーレムラブコメ。

LIGHTNESS to resist RIGHTNESS《正しさに抗うための軽さ》.

それが優佳理がこれまで創ってきた物語すべての根幹だった。

恐らくこれに気づいているのは、須原朋香をはじめとする極少数の熱心な読者だけだろう。

「要するにソシオパス……根っからの不良なのよ、私は」

自嘲的《じちょうてき》に呟いた優佳理の横顔を、愛結はしばし見つめ、ニッと悪戯《いたずら》っぽくはにかんだ。

「じゃあ、一緒ですね。あたしも親不孝の不良娘だし」

「そうかも」

愛結の笑顔に、気持ちがふわりと空に浮かぶように軽くなった気がした。

この先幸せになれるのか。

愛結の父親の問いに、あのときは力強く「なります」と断言してしまったが、正直なところそんなことはわからない。

わかるわけがない。

愛結の両親と完全に縁が切れたわけでもないだろうし、優佳理の家族もさすがに今回の件はどんな反応をされるかわからない。

京にも怒られるかもしれない。

あまり考えたくないことだが、この先どちらかが心変わりすることだって普通にあり得るだろう。

悲観的な未来予想ばかりでなく、将来日本でも同性婚が認められたり、さらにはｉＰＳ細胞が実用化されて同性間で子供が作れるようになる可能性だってある。

女同士に限らず、男と女の恋愛でも男同士の恋愛でも。

他のすべての恋愛がそうであるように、恋に落ちた二人にどんな未来が待っているかなんてわからないのだ。

だからこれは、何も特別な物語なんかじゃない。

一人の人間と一人の人間が恋に落ちたというだけの、どこにでも転がっているようなありふれたラブストーリーだ。

そういうことにしようと、優佳理は決めた。

いつものように自分の心で、「そうあってほしい」と祈るように、「そうしてみせる」と抗うように、軽《かろ》やかにそうと決めたのだった。

最愛の人とともに家に帰ってきて、およそ一ヵ月半後。

毎度のことながら〆切を破りに破ったのち、ライトノベル作家・海老ヒカリは、ついに一本の新作小説を書き上げた。

作品のタイトルは『愛を結ぶ』。

その物語は、こんな一文で始まっている。

「これは、独りだった人間が独りではなくなるという、ただそれだけのありふれたラブストーリーだ。」


（終わり）

あとがき

1巻からけっこう間が空《あ》いてしまって申し訳ありません、〆切《しめきり》に対する突破力に定評のある作家、平坂読《ひらさかよみ》です。『〆切前には百合《ゆり》が捗《はかど》る』第2巻、楽しんでいただけたなら幸いです。この物語はとりあえずこれで終わりのつもりですが（当初は上下巻として出したかったのですが、商業上の理由で普通のナンバリングになりました）、なんとビッグガンガンさんで本作のコミカライズが始まることになりましたので、小説かコミック版がすごく売れたりすると、しれっと3巻を出すかもしれません。新キャラの須原朋香《すはらともか》がかなり気に入っているので、彼女の恋の話も書いてあげたいところです。

素晴らしいイラストで愛結《あゆ》と優佳理《ゆかり》の恋物語を彩《いろど》ってくださったU35先生、〆切破りを筆頭に色々とご迷惑をおかけしたGA文庫の担当編集者さん、校正者さん、その他この本に携《たずさ》わったすべての皆様と、この作品を読んでくださったすべての読者の皆様に、心から感謝を申し上げます。

2021年9月中旬　平坂読

■宣伝

この本が書店に並ぶ数日後（10月19日）に、小学館ガガガ文庫から『変人のサラダボウル』という新作が発売されます。イラストは『妹さえいればいい。』でも組ませていただいたカントク先生です。探偵が出てきますがミステリーではなく、異世界人が出てきますがファンタジーではなく、弁護士が出てきますが法廷モノでもなく……と説明が難しい作品ですが、とにかく賑《にぎ》やかで楽しい物語であることは保証します。ぜひ読んでみてください。

ファンレター、作品の
ご感想をお待ちしています

〈あて先〉

〒106－0032
東京都港区六本木2－4－5
ＳＢクリエイティブ（株）
GA文庫編集部 気付

「平坂読先生」係
「U35先生」係

**本書に関するご意見・ご感想は
右の QR コードよりお寄せください。**

※アクセスに発生する通信費等はご負担ください。

https://ga.sbcr.jp/

メ切前には百合が捗る 2

発　行　　2021年10月31日　初版第一刷発行

著　者　　平坂読

発行人　　小川 淳

発行所　　SBクリエイティブ株式会社

〒106−0032

東京都港区六本木2−4−5

電話　03−5549−1201

03−5549−1167（編集）

装　丁　　伸童舎

印刷・製本　中央精版印刷株式会社

ISBN978-4-8156-1202-3

Printed in Japan　　GA 文庫

ECCENTRICS
平坂読×カントクの〝妹さえ〟コンビが放つ天下無双の群像喜劇!!!
SALAD BOW OF

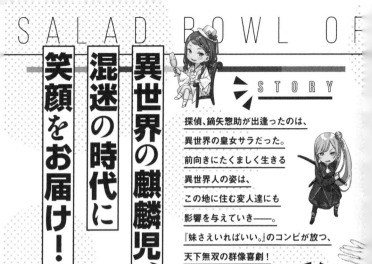

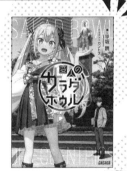